COMMENT
DEVENIR UNE VRAIE FILLE
EN DIX JOURS

J

La collection Rose bonbon...
des livres pleins de couleur, juste pour toi!

Elle vole la vedette
Mimi McCoy

Le garçon d'à côté
Laura Dower

La Nouvelle
Francesco Sedita

COMMENT DEVENIR UNE VRAIE FILLE EN DIX JOURS

LISA PAPADEMETRIOU

Texte français de Louise Binette

Éditions SCHOLASTIC

Catalogage avant publication de Bibliothèque
et Archives Canada

Papademetriou, Lisa

Comment devenir une vraie fille en dix jours / Lisa Papademetriou;
texte français de Louise Binette.

(Rose bonbon.)
Traduction de : How to be a girly girl in just ten days.
Niveau d'intérêt selon l'âge: Pour les jeunes de 9 à 12 ans.
ISBN 978-0-545-99200-8

I. Binette, Louise II. Titre.

PZ23.P3563Com 2008   j813'.54   C2007-906750-6

Édition publiée par les Éditions Scholastic,
604, rue King Ouest, Toronto (Ontario) M5V 1E1.

5 4 3 2 1   Imprimé au Canada   08 09 10 11 12

PROTÉGEONS
NOS FORÊTS

Préservons notre environnement

Scholastic Canada a choisi d'imprimer ce livre sur du papier recyclé et a réduit
sa consommation de ressources[1] et sa pollution[1] dans les mesures suivantes :

38
arbres de nos forêts
ont été sauvés.

énergie	eau	gaz à effet de serre	déchets solides
26 millions de BTU	51 783 litres	1 495 kg	797 kg

Imprimé par **Webcom Inc.** sur du papier
Legacy Book Opaque 100% à contenu postconsommation de 100%.

FSC

Recyclé
Contribue à l'utilisation responsable
des ressources forestières

Cert.no. SW-COC-002358
www.fsc.org
© 1996 Forest Stewardship Council

[1]L'estimation des effets sur l'environnement a été faite au moyen du calculateur «Environmental Defense Paper Calculator».

Je dédie ce livre à une adorable rousse
un peu cinglée, ma meilleure amie,
Meghan Pappenheim.
— L.P.

JOUR 1
JEUDI

HOROSCOPE
Bélier (du 20 mars au 21 avril)
Ce beau gars pour qui tu as le béguin t'enverra des signaux contradictoires, mais ne te décourage pas! Tu découvriras vite qu'il craque totalement pour toi!

— Le problème, c'est que le vichy est tout à fait banal, déclare Flavie en chipant quelques frites dans mon assiette.

Lorsque je lui donne une petite tape amicale sur la main pour l'arrêter, elle m'ignore complètement et trempe son butin dans ma flaque de ketchup.

— Après tout, pourquoi Dorothée ne porterait-elle pas une robe rouge? Ce serait mieux assorti aux mules rubis.

— C'est peut-être parce qu'elle a grandi dans une ferme du Kansas, dis-je.

— Oui, peut-être. Alors elle pourrait porter un sac à pommes de terre, continue Flavie. Ou une robe à fleurs.

Elle prend une autre frite, et je la laisse faire.

— N'importe quoi, sauf cette affreuse robe à carreaux bleu et blanc! C'est complètement dépassé!

Elle agite sa frite pour donner plus de poids à son argument.

— Es-tu certaine de vouloir t'attaquer à un classique? dis-je.

— Tu parles! répond Flavie. Attends de voir ce que j'ai en tête pour les singes volants.

— Je brûle d'impatience.

Et c'est vrai. Flavie Kirouac est ma meilleure amie depuis avant même notre naissance. Je ne blague pas. Nos mères ont fait connaissance à leur cours prénatal et, quand elles se sont rendu compte qu'elles devaient accoucher à une semaine d'intervalle, elles se sont dit que nous étions destinées à devenir meilleures amies. Et effectivement, nous le sommes devenues, jusqu'à maintenant du moins, même si Flavie et moi sommes on ne peut plus différentes.

Aujourd'hui, par exemple, Flavie porte un collant à rayures rouges et noires sous un short en jean, un haut noir à manches longues sous un t-shirt rouge à l'effigie d'un groupe rock dont je n'ai jamais entendu parler, et des chaussures de sport noires. Elle a tortillé ses longs cheveux roux en un chignon de chaque côté de sa tête, à la façon de la princesse Leia, et elle porte un rouge à lèvres écarlate, pour tout maquillage.

Quant à moi, je suis vêtue d'un t-shirt bleu et d'un jean. Mes cheveux bruns coupés court encadrent mon visage.

La dernière fois où ma mère s'est rendue chez son coiffeur, Rémi, elle a insisté pour que je l'accompagne « afin qu'il fasse quelque chose avec mes cheveux ». Rémi m'a annoncé qu'il ferait de moi le sosie d'Audrey Hepburn dans *Vacances romaines* et, comme je ne savais pas du tout de quoi il parlait, j'ai dit, intimidée :

— D'accord.

Il m'a donc coupé les cheveux très court et, depuis, la plupart des gens me prennent pour un garçon. Ce qui n'aide pas, c'est que tout le monde m'appelle déjà « Nico » au lieu de Nicolette, mon vrai prénom.

En voyant ce qui était arrivé à ma tête, Flavie a organisé une petite fête d'adieu pour mes cheveux. J'ai eu droit à une carte de condoléances et à un gâteau à la crème glacée.

Mais revenons à Flavie... Passionnée de théâtre, elle vient de s'inscrire pour faire les costumes et le maquillage, dans la pièce de théâtre de l'école, *Le magicien d'Oz*.

— Les gens vont sortir de la salle en hurlant de rire après avoir vu mes singes volants, affirme Flavie en s'emparant de mon verre de jus de fruits.

Au fait, elle a son propre repas; mais elle semble toujours préférer le mien. Pour me venger, je prends son biscuit aux pépites de chocolat et le brise en deux.

— Ça va être amusant, dis-je.

— C'est ça, le monde du spectacle!

Ses yeux noisette pétillent et elle sourit en glissant la paille entre ses lèvres.

— Alors, tu devras souvent assister aux répétitions?

— Je serai là, ne t'inquiète pas, répond-elle, devinant mes pensées. Personne dans la troupe ne veut rater ce match important. Nous serons tous là jeudi prochain. Alors tu ferais mieux de nous en mettre plein la vue!

Notre équipe de basket-ball connaît une saison du tonnerre, jusqu'à maintenant. Mais notre dernier match aura lieu dans une semaine et nous opposera à l'école La Rivière, qui nous a fait la vie dure l'année dernière. Il y a sûrement quelque chose dans l'eau à La Rivière, parce que les filles y sont gigantesques. Sonia, notre entraîneuse, nous répète constamment d'abaisser notre centre de gravité, ce qui veut dire que nous devons courir le plus possible et intercepter le ballon à la moindre occasion. Mais ce n'est pas facile quand on affronte des filles qui peuvent aisément traverser le terrain en trois enjambées.

— Nous ferons de notre mieux, dis-je en soupirant.

— Je me moque que vous fassiez de votre mieux ou non, réplique-t-elle pour me taquiner. Gagnez!

Elle prend une autre gorgée de mon jus, et un bruit d'air passant dans la paille vide se fait entendre. Je m'écrie :

— Tu as tout bu!

— Désolée, dit Flavie en grimaçant d'un air penaud. Je vais t'en chercher un autre.

Je roule les yeux.

— Laisse, j'y vais, dis-je en attrapant mon verre. Tu le boirais probablement avant de revenir à la table.

— Tu as raison, reconnaît-elle en fourrant un morceau de biscuit dans sa bouche et en le mâchant allègrement.

Je me lève de ma chaise en plastique orangé et marche jusqu'à l'avant de la cafétéria. Flavie et moi nous assoyons toujours au même endroit : au fond, à droite. Aussi loin que possible des poubelles.

Je sors de la monnaie de ma poche et paie à la caisse, puis je me dirige vers le distributeur de boissons et appuie mon verre contre le bec en métal. Après quelques grincements et bruits métalliques, la machine crache des glaçons. Je place mon verre sous le distributeur de jus de fruits et laisse le liquide mauve couler en moussant. Une fois que les bulles ont disparu, je remplis mon verre à ras bord. J'ai presque refermé le couvercle lorsque je me retourne... et heurte un garçon vêtu d'une chemise verte. La moitié de mon verre se répand sur lui, et l'autre moitié éclabousse le devant de mon t-shirt.

— Oh, non! Je suis vraiment désolée!

Je me retourne, saisis une pile de serviettes de table en papier et les presse contre la chemise de ma victime.

— Ça va, dit le garçon.

Mais lorsque je retire les serviettes en papier, je m'aperçois que quelqu'un avait laissé un sachet de moutarde ouvert sur la pile... de la moutarde jaune vif qui imprègne maintenant sa chemise.

Je sens mon visage s'enflammer.

— Zut! Je n'arrive pas à le croire! dis-je.

— Toi, tu n'arrives pas à le croire?

Il aurait tout à fait le droit d'être furieux. Mais lorsque je lève la tête et que je croise ses yeux bruns, je constate qu'il a envie de rire. Je remarque aussi qu'il est... enfin, très mignon. Mon cœur se met à battre à tout rompre et j'ai la tête qui tourne.

— Je vais te chercher d'autres serviettes en papier, dis-je.

Je ne sais pas trop pourquoi, mais j'ai soudain la gorge sèche.

— Euh... non, merci, réplique le joli garçon avec un sourire au coin des lèvres.

— Tu sais, je suis plutôt adroite d'habitude.

Aussitôt, je me sens idiote. *Arrête de parler*, me dis-je. Mais je désobéis tout de suite à mes propres ordres en ajoutant :

— Je fais partie de l'équipe de basket-ball.

Il m'adresse un grand sourire.

— J'aurais parié que tu étais plutôt dans l'équipe nationale de combat de nourriture.

Bon, d'accord, il plaisante. Au moins il ne veut pas me tuer...

— Je l'étais, mais j'ai été éliminée.

— Trop de fautes?

Je fais un signe de tête affirmatif.

— Tu as deviné.

Il rit et baisse les yeux pour examiner sa chemise.

— Ce n'est pas si terrible après tout. Je vais aller nettoyer ça aux toilettes.

— Tu es sûr?

— Ne t'inquiète pas.

Je l'embrasserais! Mais je me retiens, bien sûr.

Lorsque je reviens à notre table, je souris toujours. Flavie me jette un coup d'œil tandis que je me rassois.

— Oh! oh! fait-elle d'un ton taquin. J'ai vu ton petit numéro! Pas mal, Nicolette Salois.

De nouveau, je me sens rougir.

— Il n'était pas fâché du tout.

— Hum… Je ne me rappelle pas t'avoir jamais vue avec un tel sourire.

— Je ne souriais pas! dis-je un peu trop fort.

Quelques filles à la table voisine se retournent. Andréanne Frenière entortille une boucle blonde autour de son doigt et chuchote quelque chose à l'oreille de Yasmine Sicotte, qui rigole. Ces deux-là sont constamment en train de chuchoter à propos de je ne sais quoi, mais je baisse quand même le ton.

— On bavardait, c'est tout…

— Ah bon, dit Flavie en replaçant une mèche de cheveux qui s'est échappée de sa coiffure en macarons. Alors je suppose que tu ne veux pas savoir qui c'est.

— Pourquoi? Tu le connais?

Elle glousse en percevant l'excitation dans ma voix.

— Oh, oh! On dirait que ça t'intéresse! s'exclame Flavie d'un ton triomphant.

Je pousse un soupir et m'appuie contre le dossier de ma chaise. Il faut que je vous explique : c'est toujours Flavie qui tombe en amour. Ses coups de cœur changent au rythme de ses coiffures, c'est-à-dire souvent. Elle est toujours sur mon dos parce que je ne craque jamais pour qui que ce soit. Et comme je viens d'avoir une conversation avec un gars qui se trouve être très mignon, la voilà qui *jubile*.

— D'accord, d'accord. Puisque tu me supplies, je vais te dire ce que je sais, dit Flavie. Tout d'abord, il s'appelle Benjamin Royer.

— Comment le sais-tu?

Flavie semble toujours connaître tout le monde.

— Il fait partie de l'équipe technique de la pièce, explique-t-elle. Je lui ai parlé une fois ou deux. Il est nouveau, ici; il est arrivé à l'automne. Il a un bon sens de l'humour.

— C'est tout?

— Il n'a pas de petite amie.

Je reste bouche bée.

— Il t'a dit ça?

— Pas vraiment, admet-elle. C'est juste une intuition. Mais ne t'inquiète pas, je vais m'arranger pour tout savoir, puisque ça t'intéresse tellement! dit-elle en remuant les sourcils.

— Non, je t'en prie, ne fais pas ça.

— Ne t'inquiète pas! Je serai subtile, promet Flavie.

C'est inutile de protester, de toute façon. Quand Flavie a quelque chose en tête, il n'y a pas moyen de la faire changer d'avis.

Je décide de parler d'autre chose.

— Et *toi*? Je ne t'ai pas entendue parler de nouvelles conquêtes récemment.

Flavie hausse une épaule.

— Bof.

— Il doit bien y avoir un gars qui te plaît, non?

Flavie fixe le brocoli gris-vert dans son assiette et le pique sans enthousiasme avec sa fourchette.

— Pas vraiment… Enfin, peut-être bien un, mais… il ne m'aime pas de cette façon, alors…

— Qu'est-ce que tu veux dire? Qui est-ce?

Flavie soupire.

— Je n'ai pas envie d'en parler.

Je décide de ne pas insister. Flavie ne peut jamais garder un secret bien longtemps. Je sais qu'elle finira par me dire pour qui elle craque, tôt ou tard.

J'espère seulement qu'elle pourra garder mon secret à propos de Benjamin. Pendant un petit moment, du moins.

— Je suis démarquée! dis-je en sautillant sur la ligne de la zone restrictive, agitant les mains comme si j'envoyais un signal de détresse à un avion. Je suis démarquée!

Hannah Foisy m'ignore complètement et pousse Anita d'un coup d'épaule, dans l'espoir de s'en débarrasser. Anita est grande et costaude, et quand elle bloque quelqu'un, elle ne bronche pas. Un arbre, quoi.

Je vois voler les cheveux blond-roux de Laurie, qui

marquait Carla et se déplace maintenant pour tenter de bloquer le tir d'Hannah.

— Où vas-tu comme ça? crie Carla. Reviens!

De nouveau, je m'écrie :

— Je suis démarquée!

Elle est devenue sourde ou quoi? me dis-je en observant Hannah. Sur son visage aux traits parfaits se dessine un froncement de sourcils, au moment où elle tente d'effectuer un léger pivot. Puis, aussi incroyable que ça puisse paraître, elle saute et lance le ballon en direction du panier.

— Dedans, dedans, dedans! crie Carla tandis que le ballon tourne lentement sur l'anneau.

Il finit par entrer. Bien entendu.

— Yé!

Carla se précipite vers Hannah pour lui taper dans les mains.

Sonia donne un coup de sifflet tandis qu'Hannah sourit, dévoilant une fossette dans sa joue droite. Elle tire doucement sur son impeccable tresse française blonde. Je serre les dents, m'efforçant de ne pas avoir l'air contrariée.

— Rassemblement, les filles! crie Sonia en glissant un crayon derrière son oreille.

Elle se tient devant les gradins et attend que nous nous approchions, haletant comme une meute de chiens de chasse. Sonia est l'entraîneuse de l'équipe féminine de basket-ball de l'école Valmont depuis neuf ans, et elle n'a jamais, jamais crié après qui ce soit durant tout ce temps.

Je ne connais personne qui ait une telle maîtrise de soi, de l'extrémité de ses cheveux noirs soyeux au bout de ses chaussures de tennis ultrablanches. Sans blague, ses chaussures sont tellement blanches qu'elles en sont aveuglantes. Selon la rumeur, si elle les garde aussi propres, c'est dans le but de distraire les équipes adverses.

— Hannah, dit Sonia, tu dois passer le ballon à tes coéquipières. Nico était démarquée.

Merci, dis-je intérieurement.

Hannah bat lentement des cils. Ils sont longs et colorés de mascara brun. On dirait les ailes d'un papillon frémissant autour d'une fleur bleue.

— Le ballon est entré, réplique Hannah.

— Tu ne peux pas compter là-dessus durant un match, souligne Sonia.

Elle a des yeux de jais, noirs comme la nuit.

— Tu dois repérer les joueuses qui sont démarquées. Il faut tirer parti de nos points forts.

— D'accord.

Hannah hoche la tête, mais un petit sourire narquois apparaît au coin de ses lèvres. Je peux presque l'entendre penser : « *Tu parles! Je suis la meilleure tireuse de l'équipe, alors!* »

Grr!

Après tout, je tire bien, moi aussi. Hannah et moi avons presque le même pourcentage de réussite à la ligne de lancer franc. Mais elle marque plus de points pendant les matchs. Pourquoi? Parce qu'elle accapare le ballon!

11

Elle est comme ça aussi en dehors du terrain. Tous les gars sont fous d'elle, et toutes les filles veulent être sa meilleure amie. Ou, du moins, s'habiller comme elle. Hannah est l'une de ces filles sportives qui réussissent à être féminines malgré tout. Elle n'a jamais l'air de transpirer. Ses cheveux sont toujours souples et brillants, comme dans les publicités de shampoing, même lorsqu'elle court d'un bout à l'autre du terrain. Et quand elle ne joue pas au basket, elle s'habille comme si elle avait son propre styliste. C'est agaçant.

Ce n'est pas que je sois jalouse…

Enfin, pas *tout à fait* jalouse…

D'accord, peut-être un *peu* jalouse; mais là n'est pas la question.

Je veux seulement qu'elle passe plus souvent le ballon, pour que je puisse marquer de temps à temps. Est-ce trop demander?

— J'ai tellement hâte!

— Tous les beaux gars seront là!

— Il paraît que Stéphane a dit qu'il viendrait. Tu étais au courant, toi?

— Ma garde-robe est un désastre. Charlotte, qu'est-ce que tu vas porter?

Autour de moi, le vestiaire est en effervescence : les filles jacassent à propos d'une fête qui se prépare. Comme mon esprit est toujours sur le terrain, je me contente d'afficher un petit sourire tandis que j'enlève mes chaussures de basket et mon short avant de me glisser dans mon jean. À quoi bon troquer mon maillot de basket contre un t-shirt? Je le garde et prendrai ma douche chez moi.

Je suis en train de nouer les lacets de mes chaussures lorsque j'entends Carla qui demande :

— Quelqu'un voudrait bien la ramener sur terre?

Et tout à coup, Anita me donne un petit coup de poing sur l'épaule.

— Aïe! Qu'est-ce qu'il y a?

— Ça fait cinq minutes que *j'essaie* d'attirer ton attention, Nico, dit Carla d'un ton théâtral.

Elle aurait dû passer une audition pour la pièce, au lieu de vouloir faire partie de l'équipe de basket.

— Eh bien, tu l'as, dis-je.

Carla rejette ses cheveux noirs frisés en arrière et demande :

— Alors, qu'est-ce que tu as choisi comme vêtements?

Mais qu'est-ce que c'est que cette question?

— Un jean et un maillot de basket. Ça se voit, non?

— Pas *maintenant*, idiote, dit Carla tandis que Laurie me lance une serviette à la tête. Pour la fête qu'organise Hannah samedi prochain!

Je penche la tête et la serviette tombe sur le plancher.

— Oh.

La fête? Quelle fête?

J'observe les visages impatients de mes coéquipières.

On dirait qu'Hannah a invité presque toute l'équipe. *Presque…*

— Je ne pense pas être invitée.

— Bien sûr que tu es invitée! s'écrie Carla. Tout le monde est invité! N'est-ce pas, Hannah?

Celle-ci, qui se dirige vers son casier, adresse un sourire assassin à Carla avant de répondre :

— Bien sûr.

Elle est habillée, mais ses cheveux sont entortillés dans une serviette, et elle dégage un délicat parfum de fleurs.

— Tiens, tu vois? dit Carla.

Ne se rendant absolument pas compte qu'elle a forcé la main à nulle autre que l'hôtesse de la fête pour que celle-ci m'invite, Carla poursuit :

— Alors, qu'est-ce que tu vas porter? Pas ce maillot de basket, d'accord? Tu entends ce que je dis?

— Est-ce que Nico possède autre chose que des maillots de basket? demande Hannah d'un ton vaguement méprisant.

Dommage que ta personnalité ne soit pas aussi belle que ton visage, me dis-je intérieurement.

— Elle a aussi des maillots de soccer, rétorque Anita.

Je lui jette un de ces regards! Anita est l'une de mes meilleures amies dans l'équipe, et elle m'adresse un grand sourire.

— Désolée, Nico, mais c'est la vérité, non?

Pendant qu'Anita et Carla se frappent les poings en signe de victoire, je soupire.

— Je n'ai aucune idée de ce que je vais porter, dis-je en me retournant pour fermer mon casier.

Parce que je n'irai pas à cette stupide fête qu'Hannah organise, me dis-je.

Cette dernière m'observe et fait un sourire en coin, comme si elle savait à quoi je pensais et qu'elle s'en réjouissait.

— Qu'elle porte son maillot si elle veut, suggère Laurie. Moi, je mettrai ma jupe neuve.

Carla balance son sac de sport vert par-dessus son épaule.

— Oooh! Je meurs d'impatience de pouvoir admirer à ma guise le séduisant petit nouveau, Benjamin Royer!

Je me retourne si brutalement que je dois ressembler à une girouette. C'est uniquement par chance que je ne m'inflige pas le coup du lapin. Benjamin Royer? Le mignon petit nouveau? Benjamin avec-du-jus-de-fruits-sur-sa-chemise-et-un-grand-sens-de-l'humour-qui-n'a-pas-de-petite-amie-du-moins-selon-Flavie?

O.K., O.K, une minute! Je commence à reconsidérer l'idée de la fête.

— Il sera là, n'est-ce pas, Hannah? insiste Carla. Et Stéphane, lui? Charlotte veut savoir s'il vient.

— *Tais-toi!* s'écrie Charlotte en donnant à Carla un petit coup de poing amical sur le bras. Bon sang, Carla, tu ne pourrais pas la fermer pour une fois?

Elle plaisante, bien sûr. Tout le monde connaît la réponse à cette question : non.

— Bien sûr qu'ils seront là, qu'est-ce que tu crois? répond Hannah.

Elle aurait tout aussi bien pu dire : « Mais qui donc ne voudrait pas venir à la fête que j'organise? »

Elle a un peu raison, car maintenant que je sais que Benjamin sera là... Et tout à coup, avant même que les mots aient pu prendre forme dans mon esprit, j'entends quelqu'un demander :

— Alors, Hannah, c'est quand, cette fête? À quelle heure? Et quelle est ton adresse?

Hannah hausse les sourcils, et je réalise que c'est moi qui ai posé toutes ces questions.

— Samedi prochain, répond-elle lentement. La fête commence à 19 heures.

— Ne te fais pas de souci, Nico, je t'enverrai un courriel pour t'indiquer comment te rendre chez Hannah, s'empresse d'ajouter Carla.

Elle lance un grand sourire à Hannah.

Samedi prochain. Dans 10 jours. J'ai 10 jours pour trouver quelque chose à porter pour la fête chez Hannah... car Benjamin sera là. *Je vais aller à une fête avec Benjamin!* me dis-je, incrédule. *Tout ce que j'ai à faire, c'est ne rien renverser sur lui!*

— Super! dis-je à Hannah.

J'ai la bouche fendue jusqu'aux oreilles.

— Ça va être génial!

— Oui, sûrement, lâche Hannah.

Elle ne semble pas en être convaincue, mais je m'en

moque. J'aurai une autre occasion de parler à Benjamin. C'est tout ce qui compte.

Tandis que je m'apprête à sortir du vestiaire des filles, différentes façons d'entamer la conversation défilent dans ma tête, comme des sous-titres au bas d'un écran de télévision : *Et puis, ta chemise? C'est une fête super, hein? As-tu eu d'autres accidents avec des jus de fruits dernièrement?* J'ouvre la porte du vestiaire et je me retrouve face à face avec...

Benjamin.

— Je te connais, toi, dit-il en souriant.

— Baaa, fais-je, alors que mes lèvres semblent refuser de s'ouvrir.

Je laisse échapper un petit rire nerveux. Par-dessus son épaule, j'aperçois Flavie qui se tient à quelques mètres de là. Elle affiche un grand sourire et montre Benjamin du doigt, comme si je n'avais pas remarqué sa présence. Je fais de mon mieux pour ne pas me laisser distraire.

— On dirait que je t'ai surprise, poursuit Benjamin.

Il fourre ses mains dans ses poches.

— Je... J'ai cru que tu étais venu pour me barbouiller de moutarde, dis-je à la blague. Je me trompe, n'est-ce pas? Ce n'est pas une sorte d'embuscade pour te venger?

Remuant les sourcils, Flavie lève le pouce pour me dire que c'est parfait. Je résiste à l'envie d'aller l'étrangler.

Benjamin sourit, et je remarque qu'il a une toute petite

cicatrice en forme de croissant sur la lèvre supérieure. On dirait qu'elle pointe vers ses dents droites et blanches.

— Je ne suis pas armé, réplique-t-il en levant les mains. Je suis venu simplement parce qu'on m'a dit que c'était ici que se tenaient les gens les plus branchés.

— Oui, ceux qui fréquentent les gymnases nauséabonds sont vraiment branchés, dis-je, et je souris intérieurement lorsqu'il rit. Je pense qu'il y a des supervedettes qui se cachent dans les gradins.

— Je croyais que c'était toi, la supervedette par ici, dit Benjamin. Il paraît que tu es la joueuse étoile de l'équipe.

— Qui t'a dit ça?

Je pose la question, même si je connais très bien la réponse. C'est mademoiselle *Subtile*, qui se tient derrière Benjamin, se montrant du doigt et arborant un large sourire.

— Je pensais que c'était un fait établi, reprend Benjamin.

— Je me verrais bien jouer pour les Pistons de Détroit, dans la NBA, dis-je. Ils jouent du vrai basket-ball d'équipe.

— Ils offrent un bon spectacle, approuve Benjamin, mais je dois avouer que je suis un admirateur des Jazz.

Feignant l'horreur, je m'exclame :

— Des Jazz? Pourquoi pas des Nuggets?

Benjamin rit et lève les mains, paumes ouvertes, en signe de capitulation.

— Les Nuggets jouent bien, mais je pense que ce sera l'année des Jazz.

Derrière lui, Flavie démontre à quel point elle est heureuse de la tournure de notre conversation en faisant une petite danse de victoire, comme si je venais de réussir un panier.

— Benjamin, connais-tu ma copine Flavie?

Benjamin se retourne juste à temps pour surprendre Flavie au milieu de son numéro, alors qu'elle a une main dans les airs et qu'elle se déhanche. Flavie reste figée.

Hi! hi! Je t'ai eue!

— Salut, Benjamin! lance Flavie gaiement.

Elle lève l'autre main et se penche en avant.

— Aaaaah, ça fait du bien de s'étirer! Je suis restée assise dans les coulisses pendant une heure et je suis toute courbaturée. Vous devriez essayer ça.

— Flavie et moi, on travaille ensemble dans la troupe de théâtre, explique Benjamin.

— Sans blague, dis-je d'un ton pince-sans-rire.

Au même moment, j'entends la porte s'ouvrir derrière moi, ainsi qu'une voix familière qui dit :

— Oh, parfait, tu es là!

— Hé, Hannah! fait Benjamin doucement lorsqu'elle s'approche de lui.

Mais, un instant… Est-ce que c'est elle que Benjamin est venu attendre?

— Salut, Hannah! lance Flavie.

C'est à peine si Hannah jette un regard dans sa direction, lui adressant tout simplement un petit hochement de tête.

— Prêt? demande-t-elle à Benjamin. Il faut que je sorte d'ici. Je meurs de faim.

L'air hésitant, Benjamin jette un coup d'œil dans ma direction, puis hausse les épaules.

— Bien sûr, répond-il. Je suis prêt. On se revoit plus tard, les filles, d'accord?

— Oui, à plus tard, crie Flavie tandis que leurs silhouettes s'éloignent vers la sortie du gymnase.

Je ne dis rien. J'en suis incapable.

— Ce n'est pas sa petite amie, déclare Flavie.

Elle a lu dans mes pensées, comme d'habitude. Je la regarde.

— Tu le lui as demandé?

— Bon, disons qu'elle n'est pas *nécessairement* sa petite amie, reconnaît Flavie. Ils font peut-être du covoiturage, ou quelque chose du genre.

Mais j'ai un mauvais pressentiment.

— Hannah organise une fête, dis-je. Elle a dit que Benjamin serait là.

— Hum...

Flavie jette un coup d'œil vers les grandes fenêtres qui bordent un côté du gymnase et à travers lesquelles on peut voir Benjamin et Hannah marcher dans le couloir, en direction de la porte latérale de l'école.

— C'est un fait que les gars sont attirés par les grandes blondes détestables, admet-elle.

Je lève un sourcil.

— Quoi? fait-elle. J'ai lu ça dans un magazine! Bon,

écoute, ce n'est pas parce qu'il est parti avec Hannah qu'ils sont nécessairement ensemble. Ils sont peut-être cousins. Ou simplement amis. Ou… peut-être qu'ils font partie d'un même club. Ou encore ils font du covoiturage, comme je le disais tout à l'heure. Peut-être qu'il l'aide à faire ses maths…

— Ça va, ça va. J'ai compris.

— Crois-moi, il semblait réellement prendre plaisir à bavarder avec toi, affirme Flavie.

Elle a l'air très sincère. J'étudie son visage et ses grands yeux noisette pailletés de jaune. C'est drôle de voir à quel point nous sommes différentes. J'ai les yeux et les cheveux bruns, alors que Flavie est rousse. Pourtant, les gens nous prennent constamment pour des sœurs. Je suis jumelle, mais d'un frère, pas d'une sœur. J'aime bien considérer Flavie comme ma sœur de cœur. Voilà à quel point elle me connaît, et à quel point je la connais aussi.

— Tu me dis ça seulement pour que je n'aie pas de peine.

— Je sais, approuve Flavie.

— Tu es une bonne amie, Flavie Kirouac.

— Je sais ça aussi, réplique-t-elle. Maintenant, allons manger un cornet de crème glacée.

VENDREDI

TEST : QUE PENSE-T-IL VRAIMENT DE TOI?

Lorsqu'il te croise dans le couloir :

A) il rougit violemment et court dans la direction opposée.

B) il t'adresse son sourire le plus radieux.

C) il te demande s'il peut copier ton devoir… encore une fois.

D) il te salue d'une main tandis que, de son autre bras, il enlace la meilleure meneuse de claque de l'école.

E) il fait semblant de ne pas te voir!

— Par ici!

Je laisse tomber mon sac de sport au bord de l'allée.

Alex me lance le ballon de basket sans même me regarder, et je m'élance pour effectuer un tir en course, qu'il bloque. Le ballon roule sur la pelouse.

— Ah! ah! s'écrie Alex. Ton jeu est si faible... un peu comme quelqu'un qui ne pourrait même pas lever un doigt pour appeler le médecin.

Alex sourit. C'est mon frère jumeau, mais il est quand

même plus grand que moi, et meilleur en défense. Ce qui explique pourquoi j'ai appris à me dépasser à l'attaque.

— Hé! Salut, Flavie! lance-t-il.

Ses oreilles rougissent. Il s'en veut d'avoir dit des sottises. Bien fait pour lui.

Flavie rit.

— Salut!

Pendant que je cours chercher le ballon, Flavie se laisse tomber sur la pelouse, son ample jupe de coton indien noir gonflant tout autour d'elle.

— Tu restes? demande Alex.

— Nous sommes venues chercher le sac de Nico. Elle va coucher chez moi.

Flavie rassemble ses longs cheveux roux sur sa nuque et fait un nœud avec. Je trouve ça absolument fascinant, mais jamais je ne pourrais en faire autant avec mes cheveux. Non seulement parce qu'ils sont courts, mais aussi parce qu'ils sont trop glissants. Le nœud se déferait tout de suite.

— Super! Raphaël et moi, on va voir le nouveau film au cinéma.

Alex attrape le ballon que je lui ai lancé.

— Si vous voulez venir avec nous... poursuit-il.

Flavie se tourne vers moi, comme si l'invitation l'intéressait, mais je réponds :

— On a loué des DVD.

Ce qui est tout à fait vrai. Flavie et moi avons choisi deux films : une comédie et un film d'action que j'avais très envie de voir. Ça ne m'ennuie pas de sortir avec mon frère. Il est gentil. Mais son copain Raphaël se prend parfois pour monsieur je-sais-tout et ça me tape royalement sur les nerfs.

— Peut-être la prochaine fois, dit Flavie.

Alex saute, décochant un tir précis dans le panier que nos parents ont fixé au garage, il y a deux ans. Je m'empare du ballon au rebond et lance de l'endroit même où Alex se tenait : même lancer, même résultat.

— Donne-moi une minute, que je montre une chose ou deux à ce gars-là, dis-je à Flavie.

— Oh, je t'en prie! me taquine Alex en récupérant le ballon. Mon jeu est tellement coulant qu'il fait tomber les gens.

Il fait passer le ballon entre ses jambes et dribble pour épater la galerie.

— Ton jeu est si faible que les vieilles dames t'aident à traverser la rue, dis-je pour continuer notre joute verbale.

— Tu ne diras pas ça en voyant mon prochain tir, promet Alex.

— On va bien rigoler, dis-je en m'étranglant de rire. Ça ne t'ennuie pas qu'on reste un peu, Flavie?

Elle s'appuie sur ses coudes.

— Prends ton temps. J'ai quelques questions à poser à Alex, de toute façon.

— Des questions pour moi?

Alex trébuche en courant vers le panier pour faire son prochain tir, et le ballon heurte l'anneau.

— C'est moi qui mène! dis-je en saisissant le ballon.

Je m'élance vers le panier en effectuant un pivot serré; c'est une nouvelle variante sophistiquée du tir en course que j'essaie depuis quelque temps.

— Alors, Alex... commence Flavie. Qu'est-ce que les gars aiment chez une fille?

Bong! Le ballon a heurté l'anneau.

— Flavie!!!

— Quoi? fait cette dernière en clignant des yeux d'un air innocent. Alex est un gars, et c'est de la recherche!

Je jette un coup d'œil à mon jumeau, qui paraît sur le point de mourir de gêne. Il n'est pas le seul.

Flavie et moi avons discuté de cette question tout à l'heure, en marchant jusqu'ici. Plus particulièrement, nous nous sommes demandé si les gars étaient parfois attirés par les filles qui sont un peu garçons manqués. C'est peut-être parce qu'elle veut être sûre de plaire qu'Hannah se donne tant de mal pour être ultraféminine.

— Qu'est-ce que...

Alex a attrapé le ballon, mais quand il essaie de dribbler, le ballon s'éloigne de lui. Il s'élance à sa poursuite, ce qui lui donne le temps de se ressaisir un peu, puis il s'immobilise et examine Flavie avec attention. Mon frère porte toujours des vêtements amples, et aujourd'hui ne fait pas exception. Il est vêtu d'un short ample et d'un t-shirt bleu marine deux fois trop grand pour lui.

— Euh... pourquoi... pourquoi veux-tu... euh... savoir ça? demande-t-il en glissant le ballon sous son bras.

25

Je lève les yeux au ciel. Tout ça est ridicule.

— Alex n'est pas un gars, Flavie. C'est mon frère.

— C'est quand même un gars, insiste Flavie. Je veux seulement avoir un point de vue masculin sur la question.

— Hou! hou! Alex est juste ici, intervient ce dernier en agitant la main droite.

Je lève les bras.

— D'accord! Alex, qu'est-ce que les gars aiment chez une fille?

Alex passe une main dans ses cheveux, repoussant ses longues mèches vers l'arrière. Mon frère a les cheveux longs. Ils lui vont presque aux épaules.

— Je ne sais pas, répond-il.

Je me tourne vers Flavie :

— Tu vois?

— Réfléchis un peu, dit-elle pour l'encourager.

— Je pense que… euh… j'aime bien que… bredouille Alex en levant les épaules. Euh… quand les filles sentent bon.

— Quand elles sentent bon? dis-je.

Mais qu'est-ce qu'il raconte?

Flavie m'adresse un regard entendu, et je me rends compte que je suis en sueur et défraîchie, depuis mon entraînement de basket… J'étais aussi dans cet état quand j'ai vu Benjamin hier après-midi. *J'attends toujours d'être à la maison pour prendre une douche, mais ce n'est peut-être pas une très bonne idée.* Mon maillot est encore trempé sous les bras, et mes cheveux me collent au visage. Je

souffle pour écarter une mèche de ma bouche. Hum…
Peut-être qu'Alex a raison, après tout.

— Alors, tu aimes le parfum? insiste Flavie.

— Euh, je suppose, répond Alex en pinçant les lèvres.

— Et le maquillage?

— Je déteste le maquillage, déclare Alex. J'aime les filles
qui ont l'air naturelles.

Je hoche la tête. *J'ai déjà adopté le style naturel. Je
n'utilise qu'une pommade pour les lèvres.*

Flavie roule les yeux et sort un magazine de son sac.

— Naturelles… comme ça? demande-t-elle en désignant
la couverture.

Alex jette un regard sur la photo.

— Ouais, elle est jolie. Vous voyez? Elle n'a pas de
maquillage.

— Alex, dis-je brusquement, elle a du fard à paupières
violet!

— *C'est vrai?*

Alex scrute la photo de plus près.

Flavie me regarde en haussant les sourcils et me fait un
signe de tête.

— Très bien, dit-elle. Merci.

Cela confirme ce que Flavie m'a dit tout à l'heure; elle a
lu que la plupart des gars *croient* qu'ils préfèrent une fille
au naturel, alors que ce qu'ils aiment, en fait, c'est le
maquillage qui donne un air naturel.

Alex lance le ballon vers moi, mais je le lui renvoie.

— Je crois que nous allons partir.

— Déjà?

Alex paraît déçu lorsque Flavie se relève.

— Oui. La mère de Flavie nous attend pour souper.

— Ah bon… fait Alex en haussant les épaules encore une fois, ce qui fait onduler son t-shirt trop grand. À la prochaine.

— À la prochaine, dit Flavie tandis qu'Alex lance le ballon vers le panier

Un tir direct!

— Tu sais, il n'y a vraiment rien qui presse, ajoute-t-elle à voix basse pendant que nous nous dirigeons vers la porte du côté de la maison.

— Je sais.

J'ouvre la porte et m'écarte pour la laisser entrer dans la cuisine.

— J'ai soudain envie d'une bonne douche.

Je m'affale sur le coussin multicolore géant, dans un coin de la chambre de Flavie, tandis que cette dernière feuillette des magazines éparpillés par terre devant elle. Des sourires sur papier glacé attirent mon attention, tout comme les titres accrocheurs : Perds 2 kilos en un éclair! Capte son attention, maintenant! Le cauchemar des devoirs : terminé! Les magazines de Flavie promettent de résoudre tous mes problèmes, dont certains que je ne savais pas que j'avais. Pas étonnant que les gens les achètent. Il suffit de lire quelques-uns de ces magazines, et notre vie peut devenir absolument parfaite.

— Est-ce que ce ne serait pas formidable de pouvoir habiller la méchante sorcière de quelque chose comme ça? demande Flavie en prenant un magazine et en en tapotant l'arrière du bout du doigt.

Une étincelante robe longue et bouffante, de couleur orangée, scintille sur la page.

— La méchante sorcière en robe de bal des années 1980, dis-je. Ce serait différent.

— Ça ferait un contraste éclatant avec sa peau verte.

Flavie examine la photo de plus près.

— Je pourrais faire porter à Glinda une robe de cocktail noire, et à la méchante sorcière ce truc cinglé, et en mettre plein la vue aux spectateurs!

Oh là là! me dis-je. M. Longtin, le professeur de théâtre, a dit à Flavie qu'il lui donnait carte blanche. Il lui a conseillé de « voir un peu plus loin que l'aquarium dans lequel nous nageons ». Allez savoir ce qu'il veut dire par là. *Je parie qu'il va le regretter!*

— Je doute qu'elle fasse vraiment peur dans une robe comme celle-là, fais-je remarquer à Flavie.

— Hum…

Flavie pince les lèvres et réfléchit.

— Bien pensé, admet-elle enfin en mettant le magazine de côté.

Ce dernier se referme, et un titre sur la couverture attire mon attention : TEST : DANS LES YEUX D'UN GARS! COMMENT TE PERÇOIT-IL? PAGE 52! Impulsivement, je prends le magazine et l'ouvre à la page 52.

— Crois-tu que je devrais choisir un style disco pour les Munchkins? demande Flavie en tournant les pages à la vitesse de l'éclair.

— Le style hippy conviendrait mieux, dis-je distraitement en lisant la première question.

Quand tu parles à un garçon :

A) tu lui demandes son numéro de téléphone dans les cinq premières secondes.

B) tu lui demandes s'il veut faire des tirs au panier.

C) tu lui poses des tas de questions pour savoir ce qui l'intéresse.

D) Parler à un garçon? Jamais!

B, de toute évidence. Je coche la réponse dans la marge.

— Hippy? répète Flavie.

— Tu sais, les hippys, les fleurs et tout? Est-ce que les Munchkins ne vivent pas dans des fleurs?

— Nico, tu es absolument géniale!

Flavie griffonne quelques mots sur un bloc-notes jaune et s'empare d'un autre magazine. Elle me raconte quelque chose au sujet du Lion peureux, puis à propos des lionnes qui s'occupent seules de la chasse, ce qui fait qu'on ne doit pas s'étonner que le lion soit une vraie poule mouillée. Pendant ce temps, je parcours rapidement le test. B, B, B, B, B. Toutes mes réponses sont des B. Au bout de sept questions, je saute le reste du test et passe directement au total des points. Je lis à haute voix :

— Si tu as obtenu une majorité de B, tu as tendance à percevoir les gars comme des copains, et c'est probablement ce qu'ils voient en toi également. Tu es l'un des leurs!

Un des leurs? Ce n'est pas ce que je veux être! Je tourne la page, espérant trouver des conseils pour changer ça, mais le prochain article porte sur les manteaux d'hiver dernier cri. Comme si ça allait m'aider!

— Es-tu vraiment en train de lire ce magazine? demande Flavie.

Elle roule sur le côté, la tête dans le creux de sa main.

— Pourquoi pas?

Flavie rit.

— Tu es sérieuse? Je te connais depuis toujours, et tu n'as jamais, pas une seule fois, ouvert l'un de mes magazines.

— C'est peut-être ça, le problème, dis-je sèchement.

— Quoi? fait Flavie en secouant la tête. Qu'est-ce que tu veux dire?

— Tu n'as pas entendu ce que j'ai lu? Ce test stupide dit que les gars me voient comme l'un des leurs.

Flavie roule les yeux.

— Comme si c'était une grande nouvelle!

— Merci beaucoup!

Je lance le magazine vers elle, et elle se baisse vivement en ricanant. Le magazine heurte le pied de son lit. Je m'empare du gros coussin derrière moi et le serre contre ma poitrine.

— C'est juste que... quand j'ai vu Benjamin s'en aller avec Hannah hier...

— Je sais, m'interrompt Flavie. Mais je continue à croire qu'elle n'est pas sa petite amie.

— Peut-être pas, mais elle est le type de fille que les gars recherchent, non? Ce type-là, dis-je en désignant la couverture du magazine. Les filles de l'équipe avaient raison : je ne peux pas porter un maillot de soccer à la fête d'Hannah et espérer que c'est à moi que Benjamin parlera, et non à elle.

Bien sûr, j'ai tout raconté à Flavie à propos de la fête.

— Eh bien, ça peut s'arranger facilement, dit-elle. On te fera si belle que c'est vers toi qu'il ira, et non vers elle!

— Ha, ha.

— Je parle sérieusement!

— Et comment allons-nous faire ça?

Mais Flavie a déjà recommencé à feuilleter ses magazines.

— Est-ce que je ne suis pas la meilleure maquilleuse de l'école? Je vais te métamorphoser! Nous voulons un maquillage digne d'une star... tiens, comme ça!

Elle marche à quatre pattes jusqu'à sa garde-robe et en sort un immense nécessaire à maquillage qu'elle ouvre aussitôt. À l'intérieur se trouvent des palettes de fond de teint, des crayons pour les yeux, des fards à paupières chatoyants, des fards à joues, un faux nez, quelques verrues, du noir pour les dents, une moustache... tout le tralala quoi.

— Bon, il faut commencer par une base de maquillage, déclare-t-elle en s'emparant d'une éponge et d'un épais fond de teint en poudre pressée.

Elle m'étudie en fronçant les sourcils, passe l'éponge sur le fond de teint et s'attaque à mon visage, le barbouillant d'une substance visqueuse.

— C'est dégoûtant, dis-je.

— Ça va unifier ton teint et servir de toile de fond au reste du maquillage, explique Flavie, comme si elle avait lu ça quelque part.

— J'ai l'impression d'avoir la figure couverte de boue.

— Tu vas t'y habituer, promet-elle en prenant un petit contenant rond renfermant une substance verte.

J'ai un mouvement de recul.

— Eh! Tu ne vas pas me transformer en Méchante sorcière, au moins?

— C'est du fard à paupières. Ça fait ressortir les yeux bruns.

Elle en applique doucement sur mes paupières avec un pinceau.

— Ouvre les yeux, ordonne-t-elle d'un ton autoritaire.

J'obéis.

— Il n'y a pas de doute qu'on te remarquera de loin maintenant.

— Est-ce réellement ce que je veux?

Flavie fait comme si elle ne m'avait pas entendue.

— Fixe le plafond.

Elle approche une sorte de bâtonnet noir de mon œil. Je lui tape la main en criant :

— Ôte-moi ça de là!

— C'est un crayon pour les yeux! Il t'en faut absolument! Je ne te le mettrai pas dans l'œil, c'est promis.

Je cligne des yeux sans arrêt, mais elle parvient finalement à tirer un trait. Elle applique ensuite du mascara et recule pour mieux apprécier son travail.

— Ce n'est pas tout à fait ce que je veux, conclut-elle en penchant la tête d'un côté, puis de l'autre.

Elle jette un regard vers le magazine, comme si elle y avait trouvé un mauvais conseil.

— Hum…. Tu as de beaux yeux, Nico. Peut-être qu'ils paraîtraient plus grands avec des faux cils.

Elle hoche la tête.

— Oui, tout à fait.

Par petites touches, elle met de la colle à cils sur le bord de deux trucs qui ressemblent à des araignées, puis elle les fixe à la base de mes paupières. Elle me dit ensuite de rentrer les joues tandis qu'elle applique un fard rose bonbon sur mes pommettes.

— C'est pour te donner bonne mine.

— Est-ce que ce n'est pas trop voyant comme couleur?

— Si ça ne l'est pas assez, ça ne se verra pas. Bon, un peu de rouge à lèvres, maintenant. Et que dirais-tu d'un grain de beauté?

— Pour l'amour du ciel, Flavie, qu'est-ce que tu es en train de faire à Nico?

34

Je lève les yeux et aperçois les sœurs de Flavie, Delphine et Sandrine, debout dans l'embrasure de la porte. Elles sont respectivement en quatrième et cinquième secondaire. Delphine a de longs cheveux blonds qui tombent comme un rideau soyeux dans son dos. Elle est vêtue d'un jean cigarette qui ressemble à un collant et d'un t-shirt moulant. Sandrine porte un collant à motifs du genre léopard sous une jupe noire, ainsi que deux t-shirts aux couleurs neutres qu'elle a superposés. Ses cheveux châtains bouclés sont remontés sur le dessus de sa tête et maintenus en place par une baguette. Elles semblent tout droit sorties d'un des magazines de Flavie.

— Est-ce que tu passes une audition pour l'École du cirque? demande Sandrine d'un ton sarcastique.

— Oui, tu veux te faire engager comme clown? ajoute Delphine.

Les deux sœurs se tapent dans la main.

Le visage de Flavie s'enflamme.

— Je lui fais une métamorphose.

— Tu parles sérieusement? demande Delphine.

— C'est joli, Flavie, dit Sandrine. Après tout, qui a dit qu'on ne pouvait pas fêter l'Halloween tous les jours?

— Qu'est-ce que tu as utilisé pour appliquer ce fond de teint? demande Delphine en ricanant. Une spatule?

— Elle est bonne! fait Sandrine, et les deux sœurs se tapent dans la main encore une fois.

— C'est ridicule, dis-je en me levant. Je ne sais pas ce qui m'a pris.

— Eh bien, si tu crois que tu devrais laisser tomber ton allure garçon-manqué-de-12-ans-qui-n'a-aucun-style, tu es sur la bonne piste, commente Sandrine en entrant dans la chambre. Le problème, ce n'est pas ton visage, mais tes vêtements. Tu n'aurais pas dû laisser Flavie t'aider.

— Un seul regard sur elle suffit pour comprendre qu'elle ne s'y connaît pas du tout en mode.

— Hé! proteste Flavie.

— Je vais chercher le démaquillant! lance Delphine en disparaissant dans le couloir.

— Apporte le sac de tampons d'ouate! lui crie Sandrine.

Croisant les bras sur sa poitrine, elle recule et m'examine. Je me balance maladroitement d'une jambe sur l'autre.

— Hum…

— Premièrement, quand tu t'habilles avec un sac, tu as l'air d'un sac, déclare Sandrine subitement. Tu dois porter quelque chose d'un peu plus cintré, Nico.

— Elle a de jolies jambes, fait remarquer Delphine en revenant avec le démaquillant et une trousse de maquillage. Tu devrais porter des jupes, me suggère-t-elle.

Elle verse une matière visqueuse sur un tampon d'ouate et commence à me tapoter les yeux.

— Et choisir des vêtements qui soulignent la taille.

Sandrine approuve d'un signe de tête.

— Elle a une belle peau, déclare Delphine en observant mon visage.

Elle jette le tampon d'ouate maculé de brun et de noir sur la moquette jaune et en imbibe un autre.

— Ses pores sont invisibles.

C'est une expérience bizarre. Je me sens comme un quartier de bœuf ou un cochon primé. On m'inspecte, on me tripote, on m'évalue.

— Oh, tu as tellement de chance! s'exclame Sandrine en s'assoyant délicatement sur le couvre-lit bleu et blanc à motifs de nuages. Mes pores sont immenses.

J'éprouve soudain un élan de fierté pour la grosseur de mes pores. Je ne les avais même pas *remarqués* jusqu'à maintenant.

— Tu n'as pas besoin de fond de teint, annonce Delphine. Probablement pas de crayon pour les yeux non plus. Pas tous les jours, en tout cas. Il te faut juste un soupçon de mascara, dit-elle en en appliquant une couche sur mes cils supérieurs. Flavie, mais à quoi pensais-tu quand tu as choisi un fard à paupières vert?

— Je croyais que c'était à la mode, grommelle Flavie, l'air penaud.

— Et alors? Des tas de choses affreuses sont à la mode. Tu ne me vois jamais porter des bottillons, n'est-ce pas? demande Sandrine. Je vais chercher des vêtements pour Nico.

— Apportes-en aussi pour Flavie, suggère Delphine.

— Pour moi? s'étonne Flavie. Je n'ai pas besoin d'une métamorphose!

Sandrine la regarde en haussant un sourcil.

— Tu plaisantes, n'est-ce pas?

— Il n'y a que les vedettes qui peuvent se permettre le

style clocharde, affirme Delphine tout en appliquant du brillant à lèvres rose sur ma bouche.

— Clocharde? s'écrie Flavie.

— Oh, je t'en prie!

Delphine met du fard à joues rose pâle sur mes pommettes.

— Ce que tu portes semble sorti tout droit d'un conteneur à déchets.

— Bien dit! s'écrie Sandrine, de l'autre bout du couloir.

— Nico!

Flavie se tourne vers moi en espérant que je vais l'appuyer, mais je dois reconnaître que ses sœurs ont raison. Sa longue jupe de coton indien est froissée, et elle porte un t-shirt débraillé sur lequel est inscrit Rock Star; je sais qu'il vient du marché aux puces. Elle a aussi de grosses bottes noires lacées sur le devant.

Je fais la grimace.

— Désolée.

Sandrine revient avec une pile de vêtements. Une robe rose toute simple pour Flavie, et un collant noir, une jupe en denim et un t-shirt moulant pour moi.

— Tu pourrais mettre un peu de maquillage, toi aussi, suggère Sandrine à sa sœur, mais pas cet affreux rouge à lèvres.

Elle entreprend de maquiller Flavie tandis que Delphine enduit ses mains de gel et commence à l'appliquer sur mes cheveux.

— Je n'aime pas avoir ce genre de truc dans les cheveux, dis-je.

Delphine se contente de me jeter un regard peu convaincu, puis elle continue ce qu'elle faisait.

— Aïe! crie Flavie.

— Ne bouge pas! ordonne Sandrine, armée d'une pince à sourcils. Il faut refaire la ligne de tes sourcils.

Vingt minutes plus tard, je me tiens à côté de Flavie devant son grand miroir mural.

— Qu'est-ce que vous en dites? demande Delphine.

Je trouve Flavie magnifique. Sandrine a raidi ses longs cheveux roux, et ils sont maintenant lustrés et parfaits, exactement comme ceux de Delphine. De plus, je ne sais pas ce que Sandrine a fait aux yeux de Flavie, mais je n'avais encore jamais remarqué à quel point ils étaient noisette. La robe rose réchauffe son teint. Flavie est vraiment très belle.

— Tu es superbe, me dit-elle.

— Tu trouves?

Ce n'est pas que je ne la crois pas, mais plutôt que je me reconnais à peine dans le miroir. La fille que je vois porte des vêtements très seyants, et Delphine et Sandrine avaient raison : la jupe met mes jambes en valeur. J'imagine que tous ces matchs de basket-ball ont fini par porter leurs fruits. Mes cheveux ont pris du volume à l'arrière, et Delphine a placé quelques minuscules barrettes scintillantes le long de ma raie, juste au-dessus de ma frange. Le mascara fait paraître mes yeux bruns immenses. J'ai du style. J'ai l'air de... d'une fille.

D'une vraie fille.

— C'était un plaisir, fait Sandrine d'une voix chantante.

— Vous pouvez garder ces vêtements jusqu'à demain, si vous voulez, propose Delphine.

— Mais si vous renversez quoi que ce soit dessus, vous êtes fichues, ajoute Sandrine.

— Qu'en penses-tu? demande Flavie en se tournant vers moi.

Elle affiche un immense sourire lorsqu'elle me prend les mains.

Ce que j'en pense? Je pense que, si je vais à la fête chez Hannah habillée comme ça, nul doute que Benjamin me remarquera. Ce n'est pas vraiment mon style, mais c'est joli.

Je pense aussi que je n'ai pas un seul vêtement dans ma garde-robe qui ressemble à ce que je porte maintenant. Je n'ai pas de maquillage non plus. Mais ça ne fait rien. J'ai neuf jours pour tout trouver. Neuf jours avant la fête chez Hannah.

— Je pense qu'il va falloir qu'on aille magasiner, dis-je.

SAMEDi

TEST : HIPPY, B.C.B.G. OU DIVA?
DÉCOUVRE TON VRAI STYLE!

Lorsqu'il est question d'accessoires, ta devise est :

A) Pas de cuir, pas de fourrure. Seulement des articles sans rapport avec la cruauté envers les animaux.

B) On ne se trompe pas avec le sobre et le classique.

C) Trop, ce n'est pas encore assez!

D) Des accessoires? Je suis censée faire autre chose que m'habiller?

— Est-ce que je m'y prends de la bonne façon? dis-je en me mettant du brillant à lèvres, le lendemain matin.

Je me sens comme une élève de maternelle qui n'arrive pas à colorier sans dépasser. Je fronce les sourcils en observant mon reflet dans le miroir de Flavie.

— C'est beaucoup moins réussi que lorsque Delphine l'a fait.

— Le maquillage, c'est une question d'entraînement, fait remarquer Flavie en se brossant les cheveux. Quand on a fait Frankenstein l'année dernière, ça m'a pris une éternité avant de réussir les cicatrices et tout le reste.

Je me dis qu'en quelque sorte, ce serait plus facile de me faire de fausses cicatrices; je serais probablement moins contrariée si elles n'étaient pas parfaites. Je place maladroitement les barrettes brillantes dans mes cheveux. Franchement, je n'ai pas réussi le maquillage, la coiffure et la tenue aussi bien que Delphine l'a fait la première fois, mais le résultat est quand même bien. Joli, même.

Ça me fait drôle de voir ce visage dans le miroir; c'est moi, mais pas moi, tout à la fois. *Qui es-tu?* dis-je intérieurement.

Je suis Nicolette, répond silencieusement la fille dans le miroir, et cette réponse me prend par surprise. Nicolette. C'est mon nom, mon vrai nom. Est-ce que la fille dans le miroir est la vraie moi, dans ce cas? Il faudra que j'apprenne à la connaître un peu mieux pour le savoir.

— Debout, debout, debout!

La porte s'ouvre en coup de vent et Alex fait irruption dans la chambre de Flavie, le sourire aux lèvres. Il s'arrête net en me voyant.

Flavie saisit un coussin orangé sur son lit et le lui lance à la tête.

— Alex! On aurait pu être en train de s'habiller! s'écrie-t-elle.

Il évite facilement le coussin, qui tombe par terre. Alex cligne des yeux en fixant Flavie, vêtue de sa robe rose.

— Ma mère et moi, on venait chercher Nico, explique-t-il distraitement en secouant la tête. Qu'est-ce que tu portes?

Flavie roule les yeux.

— On appelle ça une robe.

Mon jumeau se tourne vers moi.

— Qu'est-ce qui vous est arrivé, à toutes les deux?

— On a subi une métamorphose, idiot!

Le regard d'Alex se pose tour à tour sur moi, puis sur Flavie.

— Pourquoi?

Merci beaucoup! Ah, les frères! Je fais comme si je n'avais pas entendu sa question. Je me lève et me dirige vers mon sac pour le fermer. Ma mère apparaît à la porte au même moment. Au cas où vous ne l'auriez pas remarqué, la famille de Flavie et la mienne sont très proches. Chez moi, c'est chez toi, voilà notre devise.

— Bonjour, mes chéries! lance ma mère. Oh! mon Dieu, ce que vous êtes ravissantes, toutes les deux! Flavie, cette robe est tellement mignonne!

Comme d'habitude, ma mère porte un jean et un chandail, avec ses bottes à talons. Elle raffole des talons. Elle ne fait que 1,50 m, et elle ne quitte pas la maison sans ses chaussures « convenables ». Heureusement, je tiens de mon père, qui fait 1,80 m. Ça vaut mieux pour jouer au basket-ball.

— Merci, madame Salois, dit Flavie avec un sourire timide.

— Et toi, Nico, tu es tout simplement adorable! Tourne un peu que je te regarde!

Ma mère sourit, dévoilant ses fossettes. Elle a un sourire magnifique.

Je pivote docilement tandis que ma mère répète en gloussant à quel point je suis « à la mode » et à quel point mes vêtements sont « dans le coup ».

— Ils te vont tellement bien, Nico! s'exclame-t-elle.

— Est-ce qu'on peut y aller? demande Alex. Je dois être chez Samuel dans 10 minutes.

C'est qu'il est populaire, mon frère. Il a toujours des tas de projets, la fin de semaine.

— Attends une minute, il faut que je montre ça à votre père, dit ma mère en fouillant dans son sac à main, à la recherche de son cellulaire. Placez-vous côte à côte, que je prenne une photo.

Elle me fait signe de m'approcher de Flavie.

— Est-ce qu'Anne-Marie vous a vues? demande-t-elle en prenant la photo.

Elle parle de la mère de Flavie.

— Oui, hier soir, dis-je.

— Après que Delphine et Sandrine en ont eu fini avec nous, ajoute Flavie.

— Ça explique tout, grommelle Alex en levant les yeux au ciel.

Il n'apprécie pas beaucoup les sœurs de Flavie. Il les trouve prétentieuses. Il n'a pas tout à fait tort, mais quand même...

— Chose certaine, vous êtes superbes, reprend ma mère. Tout à fait adorables! Comme si vous sortiez tout droit d'un magazine! Nico, je n'en reviens pas de te voir en jupe. Tu as de belles jambes! N'est-ce pas, Alex?

— Ça devient bizarre, marmonne mon frère.

Ai-je mentionné que ma mère aime beaucoup la mode? Elle est à coup sûr l'enseignante la mieux habillée de l'école où elle travaille. Et il y a très longtemps qu'elle essaie de me faire perdre mes allures de garçon manqué. Me voir en jupe est probablement un rêve devenu réalité.

Flavie me donne un petit coup de coude, et je demande :

— Maman, tu veux bien nous conduire au centre commercial aujourd'hui, moi et Flavie?

— Flavie et moi, corrige machinalement ma mère.

Elle enseigne le français, alors c'est plus fort qu'elle.

— Et c'est avec *grand* plaisir que je vous emmènerai faire les boutiques, ajoute-t-elle, aux anges.

— N'oublie pas de me déposer avant, lui rappelle Alex.

Je prends mon sac.

— Ne t'inquiète pas, nous n'avons pas besoin de ton opinion.

— Ça va être tellement amusant! s'exclame Flavie.

— Oh oui! approuve ma mère. Ce sera tout à fait merveilleux. N'est-ce pas, Nico?

Je ris, mais je dois leur donner raison. Je crois que c'est la première fois de ma vie que j'ai vraiment hâte d'aller magasiner.

Les talons de ma mère claquent sur le plancher de marbre alors que nous nous frayons un chemin entre les comptoirs de produits de beauté et de parfums, au rez-de-chaussée de son grand magasin préféré. Des effluves de fleurs flottent dans l'air. Je fais l'erreur d'établir un contact visuel avec la dame qui se tient à côté de l'escalier mécanique, et elle m'asperge d'un liquide qui sent le paillis et les roses. Pouah!

— Allons tout de suite voir Marilyne, suggère ma mère, tandis que l'escalier roulant nous entraîne au-dessus du rayon des cosmétiques bourdonnant d'activités. C'est elle qui m'aide à choisir mes vêtements depuis cinq ans.

Flavie me regarde en hochant la tête avec excitation. *Marilyne*. Ce prénom évoque les anciennes vedettes de cinéma, et un style chic et sophistiqué. *Et ma mère est toujours bien habillée.*

— Super! dis-je.

— Maryse!

Une femme aux cheveux blancs coupés très court et aux lunettes à chaînette accueille ma mère avec chaleur lorsque nous arrivons au rayon des vêtements pour dames. Elle est vêtue d'un chandail à col roulé noir et d'une longue jupe noire qui lui donnent un style sophistiqué et élégant.

— Bonjour, Marilyne! chantonne ma mère. Oh, où as-tu déniché ce bracelet? demande-t-elle en indiquant du doigt le bijou doré au poignet de la vendeuse. Il est divin!

— Merci!

Marilyne nous regarde. Ses lunettes font paraître ses yeux bleus énormes.

— Et qui sont ces demoiselles?

— Voici ma fille, Nicolette, répond ma mère en me poussant légèrement en avant.

Mon épaule frôle un présentoir de chemisiers en soie, et l'un d'eux commence à glisser; mais je parviens à le rattraper et le remets à sa place.

— Et voici sa meilleure amie et ma « deuxième fille », Flavie.

— Bonjour! dit celle-ci. J'adore votre chaînette.

— Je l'ai faite moi-même, déclare Marilyne.

— C'est vrai? s'écrie Flavie dont le visage s'éclaire.

— Les filles ont besoin de nouveaux vêtements, explique ma mère. Les indispensables pour une nouvelle garde-robe, quoi! Elles grandissent!

Ses yeux s'embrument légèrement lorsqu'elle fait cette remarque, et je lui tapote l'épaule.

— À qui le dis-tu! répond Marilyne. Bon.

La vendeuse la prend par la taille, puis elle se tapote les lèvres de l'autre main.

— Je suggère que nous essayions plusieurs vêtements à coordonner dans des couleurs neutres.

— Formidable! dit ma mère. C'est ce que je ferais aussi. O.K., mes chéries. Je vais jeter un coup d'œil aux alentours. Prévenez-moi quand vous serez prêtes pour l'essayage; je veux voir de quoi vous avez l'air!

Ma mère se dirige vers un présentoir de chemisiers au fond du rayon, tandis que Marilyne nous examine.

— Nicolette, je crois que tu devrais opter pour le marine comme couleur de base, dit-elle en saisissant une veste sur le présentoir derrière Flavie. Pour Flavie, je pense que le brun conviendrait. Et dans les deux cas, on mariera la couleur de base avec des teintes vives.

En disant ça, elle s'empare d'un chemisier en soie rouge orné d'un ruban au col et le tient devant nous.

— Je viens d'en acheter un comme celui-là pour ma fille. Le rouge est partout, ces temps-ci.

Flavie me lance un regard perplexe. Je peux lire dans ses pensées : *Un chemisier avec un ruban? Est-ce qu'on serait devenues PDG, par hasard?*

— Et ce pantalon marine tombe parfaitement, continue Marilyne en circulant d'un air affairé dans le rayon.

Elle choisit au passage une tonne de vêtements à coordonner, et commence à les suspendre dans nos cabines d'essayage. Pendant ce temps, Flavie et moi nous promenons d'un air embarrassé.

— Celui-là n'est pas mal, dit Flavie en touchant un

chemisier tigré. Dommage qu'il nécessite un nettoyage à sec. Et qu'il soit boutonné. Je l'aimerais mieux sans le col. Et peut-être dans un tissu différent.

Je saisis la manche et jette un coup d'œil sur l'étiquette.

— Il coûte plus de 100 $!

Flavie s'éloigne vivement du chemisier, comme s'il était en feu.

— Les filles! chantonne Marilyne. Venez essayer quelques vêtements. Je vais aller chercher ta mère, Nicolette.

Obéissantes, nous nous approchons des cabines d'essayage d'un pas traînant. *Pourquoi faut-il que l'éclairage soit toujours aussi violent dans les grands magasins?* me dis-je en apercevant mon reflet dans le miroir. Je suis carrément verte.

— Celle-ci est pour Flavie, dit Marilyne en désignant une porte sur laquelle repose une jupe en tweed brun. Et toi, Nicolette, tu es ici.

Dans la cabine d'essayage m'attendent quatre chemisiers de différentes couleurs, une jupe marine, une robe marine à manches longues, ainsi que le pantalon marine que Marilyne a choisi plus tôt. Des chandails de couleurs unies sont empilés sur la banquette placée entre les panneaux du miroir à trois faces. Je soupire. On ne peut pas dire que ces vêtements soient des plus excitants. Mais Marilyne a peut-être raison : il faut que nous commencions par des vêtements de base.

J'enlève mon t-shirt et ma jupe... enfin, ceux de Delphine, et j'enfile le pantalon marine, puis le chemisier rouge à ruban. Je recule pour mieux me regarder dans le miroir. J'ai l'impression d'être la poupée Barbie avocate.

— Comment ça va? demande la voix de ma mère.

— Euh... bien, dis-je en fixant mon reflet. Les vêtements me vont, du moins pour la taille. Mais...

— Sors pour que nous puissions voir aussi! suggère ma mère.

Je sors de la cabine et j'aperçois Flavie qui émerge de la sienne, vêtue d'un chandail orangé, d'une jupe brune et d'un veston brun. C'est la poupée Barbie bibliothécaire, me dis-je aussitôt.

Le sourire de ma mère vacille.

— C'est... très joli.

— Vraiment? fait Flavie, sceptique.

— Élégant, approuve Marilyne. Sophistiqué.

— Nico, dit ma mère en se tournant vers moi, j'adore ce chemisier. Je vais devoir te l'emprunter!

Elle jette un coup d'œil nerveux vers Marilyne, comme si elle craignait de la blesser.

— Euh... maman, dis-je d'un ton hésitant. Tu ne crois pas que ces vêtements sont un peu...

— Ils constituent la base d'une garde-robe passe-partout, explique Marilyne.

— Oui, répond Flavie. Mais habillées comme ça, est-ce qu'on ne devrait pas se trouver derrière le guichet d'une banque en train de distribuer des billets?

Ma mère regarde Marilyne. Cette dernière cligne des yeux, surprise, avant de laisser échapper un petit rire.

— Quel âge avez-vous, les filles? demande-t-elle. J'ai beaucoup de mal à deviner l'âge de quelqu'un.

— On a 13 ans, dis-je.

— En fait, on aura 13 ans dans un mois, précise Flavie.

— Oh là là!

Un sourire se dessine sur les lèvres de Marilyne lorsqu'elle échange un regard avec ma mère. Les deux femmes éclatent de rire.

— Marilyne, je pense que les filles cherchent des vêtements qui conviennent à leur âge; du même genre que ce qu'elles portaient en arrivant ici.

Marilyne lève les mains.

— Ça dépasse mes compétences, admet-elle.

J'ai envie de la serrer dans mes bras.

— Maman, peut-être qu'on pourrait magasiner seules, Flavie et moi.

— Je pense que c'est une bonne idée, ma chérie. Quant à moi, je vais continuer à faire un tour ici. Je peux vous rejoindre plus tard.

Je pousse un grand soupir de soulagement.

— Parfait.

J'ai véritablement la mère la plus chouette de la planète.

— Je vais te donner de l'argent, dit ma mère en fouillant dans son sac. Flavie, as-tu besoin d'argent? Je peux appeler ta mère et lui demander combien elle veut que je te donne.

— Non, merci, madame Salois, réplique Flavie. J'ai apporté l'argent de poche que j'ai gagné l'été dernier. Désolée, Marilyne.

— Oh, ma belle! Tu dois aimer ce que tu portes, sinon, à quoi bon? dit Marilyne. Vous reviendrez me voir quand vous aurez obtenu votre diplôme universitaire.

— Maintenant, allez enlever tout ça, dit ma mère.

Flavie et moi obéissons aussitôt.

— Mais garde le chemisier rouge, Nico.

Je m'arrête à l'entrée de la cabine d'essayage, hésitante.

— Maman, je ne pense vraiment pas que ce soit mon style.

— Bien sûr que ce n'est pas ton style, approuve ma mère. Mais je veux l'essayer!

— Il t'ira à merveille, lui assure Marilyne.

Ma mère lui adresse un grand sourire.

— À qui le dis-tu!

— Je ne sais pas…

Flavie et moi hésitons devant une boutique de vêtements.

— Tu ne penses pas que c'est un peu… cher? dis-je.

— Ashley Violetta achète tous ses vêtements dans ce magasin! insiste Flavie. Enfin, à la succursale de Beverly Hills.

— Ashley Violetta est une star de cinéma dont le cachet compte sept chiffres. Elle apparaît dans tous tes magazines. Elle a fait trois CD et elle sort avec le chanteur des Jams. Nous ne sommes pas Ashley Violetta.

— Pas encore! corrige Flavie. Considère ça comme une mission de reconnaissance.

— Je ne sais pas, dis-je de nouveau en observant la vitrine.

Quelque chose à propos de cette boutique de luxe me fait hésiter. Peut-être que ce sont les mannequins vêtus de haillons qui valent probablement des milliers de dollars, ou encore la lumière brillante qui met en évidence le fait que le magasin est désert (personne n'a les moyens d'acheter là, j'imagine). Quoi qu'il en soit, j'ai l'impression de voir dans la vitrine une grande enseigne clignotante où on peut lire : *Nicolette Salois, tu n'as RIEN à faire ici.*

— Ce n'est qu'une boutique, insiste Flavie, et c'est ouvert au public. Tout le monde peut y entrer. De plus, ce sera amusant.

Elle me prend la main et m'entraîne à l'intérieur.

Notre arrivée déclenche un petit *ding dong* et, l'instant d'après, nous entendons sur le plancher lisse le *clic, clic, clic* des souliers à talons hauts de la vendeuse qui s'approche. Grande, mince et vêtue de noir, elle a l'air d'un mannequin. Ses cheveux bruns flottent dans son dos, et ses sourcils parfaitement épilés sont levés, à la perspective d'accueillir de riches clientes. Lorsqu'elle nous aperçoit, son sourire s'efface instantanément, et je devine ses pensées comme si elles défilaient sur son front : *Oh, ce ne sont que des fillettes.*

Je lance un regard à Flavie, qui éprouve la même impression que moi, je le sens. Cependant, elle choisit de faire comme si de rien n'était, marchant d'un pas traînant vers un présentoir de robes près de l'entrée.

— Bonjour, dit la vendeuse lentement, comme si elle tentait de déterminer à quel point elle pouvait se montrer impolie avec nous.

— Euh, bonjour, dis-je.

Aussitôt, je me dirige vers une pile de t-shirts ajustés aux couleurs vives, semblables à celui que je porte en ce moment.

J'en saisis un, et l'étiquette tombe de l'encolure. Quatre-vingts dollars. Pour un t-shirt! Est-il cousu de fil d'or ou quoi? Je le remets à sa place et marche vers un présentoir de pantalons.

La vendeuse se dirige vers le comptoir, contre lequel elle s'appuie nonchalamment.

— Est-ce que je peux vous aider à trouver quelque chose, les filles? demande-t-elle en insistant sur le mot « filles ».

Traduction : *Sortez d'ici, petites sottes.*

Flavie me regarde, et je suis sur le point de suggérer que nous partions lorsqu'elle plisse les yeux d'une manière qui m'est familière. Un peu trop familière, peut-être. C'est son regard « je-mijote-quelque-chose ».

— Pas pour l'instant, mais nous vous ferons signe, répond Flavie avec entrain.

Et... avec un accent français.

La vendeuse soupire et jette un coup d'œil vers l'arrière-boutique, comme si elle avait hâte de retourner lire son magazine ou quelque chose de ce genre.

Flavie saisit une robe verte chatoyante sur un présentoir et me la montre.

— Adrianna, que penses-tu de ceci?

Je mets environ 15 secondes à me rendre compte que c'est à *moi* qu'elle parle.

— Euh... c'est... joli, dis-je.

— Vraiment? fait Flavie en exagérant son accent français. Tu crois? J'ai cette robe chez moi, et je ne la porte jamais. Elle plisse aux épaules et c'est absolument insupportable.

Le cintre fait un petit bruit métallique lorsqu'elle replace la robe sur le présentoir. La vendeuse paraît perplexe.

— Tu as cette robe? demande-t-elle. Nous ne l'avons reçue que jeudi.

Flavie hausse un sourcil.

— Ah bon? Alors je suppose que la succursale de Beverly Hills reçoit sa marchandise un peu avant vous, car elle est suspendue dans ma garde-robe depuis trois semaines. Elle te plaît, Adrianna? Je vais te la donner, si tu veux.

La vendeuse reste bouche bée pendant un court moment, dévoilant une rangée de dents parfaitement blanches, puis elle se ressaisit légèrement. Elle semble prendre Flavie au sérieux. Ça n'a rien de bien surprenant, d'ailleurs. Même moi, je commence à croire à son numéro.

Je dois me mordre l'intérieur de la joue pour ne pas m'esclaffer. Cette vendeuse a suscité chez Flavie l'envie de jouer la comédie, et plus rien ne pourra l'arrêter maintenant.

— Le vert ne me va pas du tout, tu le sais bien, dis-je en entrant dans son jeu.

— Dans ce cas, peut-être que la bonne en voudra.

— Tu cherches une robe? demande la vendeuse avec un peu plus d'empressement. Nous en avons quelques nouvelles là-bas.

Elle guide Flavie vers un présentoir à l'arrière de la boutique et lui montre une robe brune toute simple qui semble être en laine. L'ourlet n'est pas fini, et un motif brun et blanc très chouette orne la taille et les poignets.

— Oui, Valentin m'a montré celle-là, commente Flavie avec son faux accent. Elle est très mignonne, c'est vrai, mais je ne pense pas que ce soit mon style.

La vendeuse paraît intriguée.

— Valentin?

— C'est mon styliste, explique Flavie en rejetant les cheveux en arrière.

— Ah, fait la vendeuse avec un sourire d'approbation.

— Oh, Madeline! dis-je.

Flavie me sourit tandis que je lui montre l'un des t-shirts à 80 $.

— Que penses-tu de ceci?

Elle roule les yeux.

— Ma garde-robe en est pleine. Franchement, ils sont confortables, mais je crois qu'ils sont affreusement dépassés. Ce style ne durera sûrement pas plus d'une saison. Qu'en pensez-vous? demande-t-elle à la vendeuse.

— Oh, eh bien, je...

— Est-ce que la soie n'est plus à la mode? poursuit Flavie en prenant un pantalon rouge à motifs de roses blanches. Tous ces pantalons que je vois semblent être en *polyester*.

Elle a prononcé *polyester* comme elle aurait dit *toile de jute*.

La vendeuse a l'air troublée.

— Je crois que...

Flavie l'interrompt.

— De toute façon, je ne vois rien du tout ici qui crie « achète-moi! ». Et toi, Adrianna?

— Celui-là me tente, dis-je en prenant un blouson en suède de couleur pêche qui coûte plus de 1 000 $. Mais si je paie quoi que ce soit d'autre avec la carte de crédit, papa sera furieux!

Ne ris pas, me dis-je en songeant à mon père, un comptable qui a pour principe de ne presque jamais rien payer par carte de crédit. Il ne me laisserait jamais avoir ma propre carte!

— Adrianna, c'est ce que tu redoutes toujours, et il ne dit *jamais* rien! rétorque Flavie. Tout de même, je crois que ce blouson fait un peu…

Elle esquisse un geste vague de la main.

— Saison passée? dis-je.

— Exactement!

Flavie se tourne vers la vendeuse.

— Merci beaucoup! Vous avez été un amour!

— Aimerais-tu figurer sur notre liste d'envoi? propose la vendeuse d'un ton plein d'espoir.

— Oh, j'y figure déjà, déclare Flavie. Valentin et moi sommes sur la liste de clients de la boutique de Beverly Hills. Mais peut-être que nous reviendrons faire un tour la prochaine fois que nous serons dans le coin. Ciao!

— Merci mille fois! dis-je à mon tour, remettant le blouson à sa place et filant pour rattraper Flavie.

Nous attendons d'avoir tourné dans une autre allée avant de laisser libre cours à notre fou rire.

— La carte de crédit de papa! hurle Flavie.

Elle rit tellement qu'elle en pleure.

— Et où as-tu pêché cet accent? dis-je en gloussant. « Vous avez été un amour! »

— Eh! elle l'a bien cherché! réplique Flavie en s'essuyant les yeux

— Dire qu'on était parties en mission de reconnaissance! Maintenant, c'est moi qui choisis le magasin.

— D'accord. Alors, où est-ce qu'on va?

— Tes sœurs ont dit qu'on devrait jeter un coup d'œil à la boutique en face de la librairie.

C'est un endroit branché où la moitié des jeunes de l'école achètent leurs vêtements.

Flavie est tout sourire.

— Allons-y.

La musique est tellement forte que je sens le rythme battre dans ma poitrine, comme un deuxième cœur. Cette boutique est vraiment chouette. Je dirais même super chouette. Des filles habillées à la dernière mode se tiennent devant des présentoirs, s'emparant de jeans et de toutes petites minijupes, comme s'il s'agissait de liasses de billets tombant du ciel. Le plus curieux, c'est que la plupart de ces filles portent déjà des vêtements pareils à ceux devant lesquels elles se pâment.

À vrai dire, elles ont l'air de jeunes vedettes rock, et même dans ma tenue signée Delphine Kirouac, j'ai l'impression d'être un imposteur.

— J'aime bien cette ceinture, dis-je en prenant un article en cuir noir sur un présentoir. Elle serait superbe avec un jean.

Flavie m'arrache la ceinture des mains.

— Nico, c'est une jupe! s'exclame-t-elle en la remettant à sa place.

Je jette un coup d'œil à la ronde dans le magasin.

— Oh là là! Quel immense rayon de sous-vêtements!

Flavie s'éclaircit la voix.

— Je ne suis pas certaine que ce soient des sous-vêtements. En fait, je pense qu'il s'agit de vêtements.

— Oh...

Je rougis un peu. Je me sens comme une fillette de cinq ans.

— Bon, on dirait que ce n'est pas le genre de tenues que nous portons habituellement, fait remarquer Flavie.

— Ça, tu peux le dire.

Je songe à mes maillots de soccer. Il n'y a absolument rien dans ce style-là, ici.

— Mais c'est justement la raison pour laquelle on est là, non? demande Flavie en me fixant.

Elle esquisse une moue, comme elle le fait toujours quand elle réfléchit.

— Après tout, on veut changer de style, n'est-ce pas? Peut-être qu'on devrait essayer quelques trucs et voir de quoi on a l'air.

Je hausse les épaules.

— D'accord.

Nous partons fureter chacune de notre côté. Je déniche un t-shirt turquoise à encolure en V qui n'a pas l'air trop voyant, et un jean cigarette. Eh! c'est un jean au moins!

Je rejoins Flavie près des casquettes. Elle examine une minirobe orangée à manches courtes et à encolure dégagée.

— Qu'en penses-tu? demande-t-elle.

— Ça me semble prometteur.

Nous nous dirigeons vers les cabines d'essayage. Celles-ci sont tapissées d'autocollants et d'affiches de concert mettant en vedette des groupes que je ne connais pas. *Qui sont donc les Écureuils barbares?* me dis-je tout en me tortillant pour enfiler le jean. Autre chose étrange à propos de la cabine : il n'y a pas de miroir. Je vais devoir sortir pour me voir.

Grr.

Le jean n'en fait qu'à sa tête. C'est bien ma taille, selon l'étiquette, mais... *Peut-être qu'il doit se porter très serré.* J'inspire profondément et parviens à attacher le bouton et à monter la fermeture éclair. C'est presque de la torture. Ces vêtements sont faits pour ceux qui n'ont pas besoin de respirer.

Malgré la musique assourdissante, j'entends Flavie ricaner dans la cabine à côté.

— Tout va bien?

— Je te montre si tu en fais autant! lance Flavie avec un sourire dans la voix.

— Pourquoi pas?

J'enfile le t-shirt et ouvre la porte.

Flavie me juge d'un coup d'œil et s'immobilise.

— Ça alors, Nico, ça te donne un nouveau style.

Je pivote et aperçois mon reflet dans le miroir. Holà! Le t-shirt est court, très court. Je tire dessus d'un coup sec, mais il ne couvre pas mon ventre. Super.

61

— Le jean te va bien.

— Oui, mais il me coupe la circulation sanguine dans les jambes. Par contre, ta robe est jolie.

Et c'est vrai. L'orangé va étonnamment bien à Flavie, et même si la robe est un peu courte, elle serait probablement tolérée à l'école.

Flavie sourit d'un air espiègle.

— Tu crois? demande-t-elle en tournoyant lentement.

Je pouffe de rire. La robe n'a pas de dos!

— Mais ne t'assois pas près de la bouche d'air dans la classe de maths. Tu pourrais attraper un rhume.

— Oh oui, j'imagine déjà ce que dirait le Mur en voyant ma tenue, rigole Flavie.

Le Mur, c'est notre enseignante de maths, Murielle. Elle est *corpulente*, et elle porte toujours du noir ou du gris.

— Flavie, ma chère, commence Flavie en imitant la voix gémissante et nasillarde du Mur, tu ne crois pas que tu y vas un peu fort avec cette robe?

Le Mur trouve toujours qu'on y va un peu fort.

J'éclate de rire.

— Tu as raison, c'est un nouveau style pour moi.

Je m'examine de nouveau dans le miroir, souriant à la fille dans le jean à taille basse.

— Je suppose que c'est un moyen d'attirer l'attention de Benjamin.

— Ouais, dit Flavie. Il t'apercevra et pensera que tu as complètement perdu la tête.

— Ces vêtements sont un peu trop différents de ce qu'on a l'habitude de porter.

— Et comment... Il nous faudrait subir une réelle transplantation de cerveau pour mettre ça.

— Bon, dis-je en soupirant. Je déclare notre petite expérience dans cette boutique super chouette officiellement terminée.

— Il y a bien d'autres boutiques, fait remarquer Flavie avec entrain. Courage! ajoute-t-elle en me donnant un petit coup sur l'épaule. Au moins, on sait maintenant ce qu'on ne veut pas porter! C'est aussi utile que de savoir ce que l'on veut.

— Tu as raison.

Je me sens un peu mieux lorsque je retourne dans la cabine pour enlever le jean de la torture. Flavie a raison. On a fait deux tentatives qui ont échoué. Ça veut sûrement dire que la prochaine boutique sera la bonne!

— J'ai terriblement mal aux pieds, gémit Flavie en plantant sa cuillère en plastique blanche dans sa coupe de yogourt glacé au chocolat.

Nous avons décidé de faire une pause dans l'aire de restauration.

— Combien de kilomètres avons-nous parcourus au cours des deux dernières heures?

— J'ai l'impression que c'est une centaine, dis-je en fléchissant les orteils.

C'est étrange de penser que, cette semaine, j'ai passé tous les après-midi à courir pendant mon entraînement de basket mais que, d'une certaine façon, c'est encore moins fatigant que de passer deux heures au centre commercial.

— Est-ce qu'on peut officiellement abandonner maintenant?

— Je pense qu'on n'a pas le choix.

Flavie semble un peu découragée.

— Il faut aller rejoindre ta mère dans 45 minutes, et on n'a absolument rien trouvé.

— Tu t'es acheté un brillant à lèvres, dis-je.

— On n'a rien trouvé *à se mettre*.

Après avoir quitté la boutique super chouette, nous sommes entrées dans tous les magasins de vêtements du centre commercial. Comme ni Flavie ni moi ne raffolons des ceintures à grosse boucle et des vêtements en denim, nous sommes rapidement ressorties de la première boutique. Dans le magasin suivant nous attendaient des accessoires farfelus et des capes en velours noires. J'ai failli me laisser tenter par du vernis à ongles noir scintillant, mais j'ai changé d'idée quand Flavie m'a dit que c'était joli, si on aimait l'allure vampire. Se sont ensuite succédé un magasin de jupes indiennes avec paillettes à l'ourlet, une boutique où l'on ne vendait que des articles roses, et une autre où tout était ennuyant à mourir. Je commence à me sentir un peu comme Boucles d'Or qui n'a pas encore trouvé la bouillie qui lui convient.

— On pourrait retourner à la dernière boutique, dis-je

sans grand enthousiasme. Au moins, là-bas, les vêtements étaient pratiques, même s'il leur manquait un petit quelque chose.

Flavie secoue la tête en léchant sa cuillère.

— Nous voulons des tenues qui nous permettent d'exprimer vraiment notre personnalité. Pas seulement des vêtements pratiques, tu comprends?

— Je sais.

Je plonge ma cuillère dans ma crème glacée à la vanille, garnie de sauce au beurre d'arachide.

Pourquoi n'est-ce pas aussi simple de trouver quelque chose à se mettre que de choisir un parfum de crème glacée?

— Ne lève pas les yeux, murmure soudain Flavie en fixant son yogourt glacé.

Et, bien entendu, je lève les yeux.

Zut. Pourquoi est-ce que je n'écoute jamais ma meilleure amie? me dis-je intérieurement, au moment où mon regard croise celui d'Hannah.

Cette dernière m'adresse un sourire en coin et se faufile jusqu'à notre table. Deux de ses copines, Camille Vanier et Magalie Robineau, la suivent en traînant les pieds.

— Salut, Nico, fait Hannah. Je suis un peu surprise de te voir ici.

— Salut, dis-je en souriant à Camille et Magalie.

Mais elles ne me voient pas, car elles sont occupées à lire le tableau du restaurant chinois et à chuchoter à propos de ce qu'elles vont commander.

— Salut, Hannah! lance Flavie.

Hannah se contente de lui adresser un petit signe de la tête. Parfois, j'ai du mal à croire à quel point elle peut être détestable. Je ne pense pas qu'elle ait jamais dit bonjour à Flavie, même si ça fait quatre ans que nous sommes toutes dans la même classe. Flavie, en revanche, lui dit toujours bonjour. À vrai dire, je crois qu'elle le fait uniquement pour ennuyer Hannah.

— On fait un peu de magasinage? demande Hannah en rejetant ses longs cheveux par-dessus son épaule.

Son style est impeccable, comme d'habitude. Elle porte un t-shirt ajusté violet et un jean très foncé qui ne semble pas gêner sa circulation sanguine. *Comment fait-elle?*

— Je croyais que tu t'habillais seulement dans les magasins de sport, ajoute-t-elle.

Camille rigole, et Magalie lui donne un petit coup de coude. Je ne peux pas m'empêcher de me demander où Magalie a déniché sa superbe jupe portefeuille verte. C'est exactement le genre de vêtement que je cherche. Quant à Camille, elle a de très jolies chaussures brodées bien assorties à son pantalon trois quarts rose. Je suppose que je me suis laissé distraire par leur tenue, car je m'entends dire :

— J'achète seulement mes chaussures à crampons au magasin de sport. Il y a des rabais intéressants.

Cette fois, c'est Magalie qui rigole et Camille qui doit la pousser du coude.

Flavie secoue la tête et prend une autre bouchée de son yogourt glacé.

— Essaie de te souvenir de ne pas porter tes chaussures à crampons à la fête, Nico, dit Hannah avec un petit sourire suffisant. Elles abîmeraient le plancher.

Sur ces mots, ses copines et elles éclatent de rire et s'éloignent en se pavanant.

Je les regarde se diriger vers le restaurant chinois. *Elles marchent même différemment de moi. J'ai le pas plutôt lourd, alors qu'elles semblent flotter...*

Soudain, je sens un regard rivé sur moi. Levant les yeux, j'aperçois Flavie qui me fixe.

— Quoi? dis-je.

— « Il y a des rabais intéressants sur les chaussures à crampons »? répète-t-elle. C'est ce que tu as trouvé de mieux à répliquer?

Je fais la grimace.

— Ce n'est pas *tout à fait* ce que j'ai dit.

— Mais ce n'est pas une réplique, ça!

— Je sais, je sais, c'était lamentable. Lamentable, mais vrai.

— On s'en moque que ce soit vrai! rétorque Flavie. Ça n'a rien à voir!

— Rien à voir avec quoi?

Flavie soupire longuement et s'adosse à sa chaise.

— Si tu veux battre Hannah à son propre jeu, tu dois *jouer* son jeu.

Je laisse une cuillerée de sauce au beurre d'arachide onctueuse fondre sur ma langue avant de déclarer :

— Je ne te suis pas.

— Ce n'est pas seulement une question de vêtements, Nico. Tout est dans l'attitude.

Je lance un regard vers le trio qui rit sottement. Les filles s'apprêtent à manger des pâtés impériaux tout en chahutant avec un groupe de beaux garçons, venus s'asseoir à une table près de la leur. Hannah lève une épaule et trempe son pâté impérial dans la sauce, puis elle en prend délicatement une bouchée. Ensuite, elle dit quelque chose qui fait s'esclaffer les garçons.

— Oui, j'ai remarqué, dis-je.

— Tout est dans ta façon de marcher, de parler, dans ce que tu dis, continue Flavie. Ce n'est pas seulement les vêtements que tu portes qui comptent, mais la façon dont tu les portes. Même si on finit par trouver des vêtements qui te vont, tu vas quand même devoir t'exercer.

— M'exercer?

— Tu ne peux pas arriver à la fête chez Hannah la semaine prochaine et t'attendre à être la vedette de la soirée, explique Flavie. Hannah a l'habitude d'être la vedette. Si tu veux que Benjamin s'adresse à toi et non à elle, tu vas devoir apprendre à retenir l'attention des gars.

Je réfléchis à ce que Flavie vient de dire. Ça sonne juste.

— Mais comment?

Flavie se penche en avant.

— Oh, zut… regarde, je viens de renverser du yogourt glacé au chocolat sur la robe de Sandrine!

Elle trempe sa serviette en papier dans son verre d'eau et tamponne la tache.

— Je pense que ça s'en va. Est-ce que ça a l'air de disparaître?

— Je crois, oui.

— Tu es sûre? Parce qu'elle va me tuer…

— Flavie, ça disparaît. C'est foncé seulement parce que c'est mouillé.

Je ne veux pas paraître impatiente, mais j'ai hâte d'en entendre davantage sur la façon de m'exercer. L'image de Benjamin flotte dans ma tête comme celle d'un bonbon de Noël multicolore.

— D'accord. Bon… qu'est-ce que je disais? reprend Flavie.

Elle fronce les sourcils en regardant la tache et continue à la tamponner.

— Qu'il fallait que je m'exerce…

— C'est ça! Écoute, c'est la bar-mitsva de mon cousin ce soir, et il y aura une réception en son honneur demain après-midi. Ce sera une grande fête. Si tu viens, tu pourras t'exercer à bavarder avec quelques gars.

Je reste songeuse.

— Et si je me couvre de ridicule?

— Eh bien, tu n'auras plus jamais à les revoir de toute

façon, répond Flavie en jetant sa serviette de papier dans une poubelle tout près.

Deux points pour elle... Elle devrait se joindre à l'équipe de basket.

— Ils habitent à l'autre bout de la ville.

— Eh bien...

L'idée d'assister à une réception où je ne connaîtrai personne ne m'enchante pas.

— Tu seras là, n'est-ce pas?

— Bien sûr. Je te soutiendrai.

— D'accord, dis-je enfin. Mais on n'a toujours rien à se mettre.

— Je sais.

Flavie tapote la tache sur sa robe, puis elle abandonne.

— Je ne veux même plus voir ce yogourt, dit-elle en jetant un regard dégoûté sur sa coupe. Tu as taché la robe de ma sœur, et je te déteste, yogourt glacé au chocolat!

Elle se lève, prend la coupe et la jette aux ordures. Puis elle reste plantée là, parfaitement immobile.

— Nico!

— Quoi?

— Regarde!

Du doigt, Flavie indique une boutique de l'autre côté de l'allée. FLEUR DE FUCHSIA, lit-on sur l'enseigne. Et juste en dessous : GRANDS SOLDES D'OUVERTURE!

Nous nous hâtons vers la boutique pour y jeter un coup d'œil. Il y a deux mannequins dans la vitrine. L'un est vêtu d'une robe rouge à jolis motifs de caniches noirs; sa coupe portefeuille est très originale. L'autre porte un pantalon noir trois quarts et un joli corsage à imprimé jaune et rose, ajusté en haut et ample en bas.

Flavie et moi échangeons un regard.

— Chouette! disons-nous à l'unisson.

Flavie désigne la porte d'un geste.

— On y va?

Je lui adresse un grand sourire.

— On y va!

On dirait bien que Boucles d'Or a enfin trouvé la bouillie qui lui convient!

DiMANCHE

L'art de la conversation avec l'élu de ton cœur...
ou comment le faire parler!

Pose des questions! Le sujet favori d'un gars, c'est lui-même! Alors n'hésite pas et tu apprendras tout sur lui! Découvre quels sont ses films préférés, les vedettes de sport qu'il admire, les plats dont il raffole. Il t'en dira probablement plus que ce tu veux savoir, et tu pourras passer des heures en sa compagnie!

— Qui donc peut porter ça, d'après toi? demande Flavie en montrant un fard à joues d'un mauve éclatant.

— Des clowns, dis-je.

Flavie pouffe de rire, ce qui lui vaut un léger froncement de sourcils de la femme grande et imposante qui se trouve derrière le comptoir. C'est dimanche matin, et nous sommes chez Charlie, où l'on trouve le plus grand choix de cosmétiques en ville. Fait assez curieux, cette boutique est située dans un ensemble de commerces en rangée, à quelques rues de chez moi, entre un cabinet de dentiste et un salon de toilettage pour chiens. Ça n'a rien de bien prestigieux comme endroit, mais c'est pratique. De plus, Delphine nous a dit qu'il est possible d'essayer des produits ici. C'est exactement ce dont nous avons besoin, puisque je suis tout à fait nulle en maquillage et que, bien qu'elle sache comment faire Frankenstein, Flavie ne maîtrise pas encore tout à fait la technique du maquillage « bonne mine ».

— En fait, dit la grande dame en s'adressant à moi, quelqu'un qui a un teint comme le tien pourrait très bien porter ce fard.

Je fais la grimace.

— Je ne pense pas être assez courageuse pour choisir une couleur comme ça.

— Une fois appliqué, il n'est pas aussi mauve qu'on pourrait le penser, explique la femme. Veux-tu l'essayer?

Je jette un coup d'œil vers Flavie, qui pince les lèvres, l'air sceptique. C'est évident qu'elle croit que cette femme n'a aucune idée de ce qu'elle raconte. Pourtant, je me sens un peu aventureuse, et je m'entends répondre :

— Bien sûr. Pourquoi pas?

La dame prend un gros pinceau et le tamponne sur le fard mauve. Ses cheveux gris sont remontés en un chignon soigné, et elle est vêtue d'une robe violette fluide. Elle porte un maquillage très élaboré; lorsqu'elle se penche vers moi, je compte quatre différentes nuances de fards sur ses paupières. C'est logique, après tout, étant donné son travail.

— Est-ce que tu as du sang méditerranéen? demande-t-elle en appliquant doucement le fard sur ma joue.

— Ma mère est italienne, dis-je.

Elle hoche la tête.

— Les couleurs audacieuses vont très bien aux brunettes. Cette nuance fera ressortir tes yeux.

Elle pince les lèvres, puis s'empare d'un fard à paupières rose sur un présentoir.

— Cette teinte te rendra encore plus lumineuse, plus épanouie. J'espère que ça ne t'ennuie pas?

— Oh non, allez-y! dis-je en songeant que je pourrai tout enlever plus tard.

À côté de moi, Flavie saisit un rouge à lèvres rose vif.

— Pose ça, ma belle, ordonne la femme. Ce n'est pas pour toi.

Flavie hésite.

— Ma sœur prétend que je devrais choisir des rouges à lèvres aux teintes vives.

La dame roule les yeux.

— Et à qui vas-tu faire confiance? À ta sœur ou à Charlie?

— C'est *vous*, Charlie? demande Flavie. La *vraie* Charlie, propriétaire de ce magasin?

— C'est moi.

Charlie utilise un coton-tige pour appliquer un fard sur mes paupières, puis elle se tourne vers les rouges à lèvres en fronçant les sourcils.

— Passiflore, où es-tu? marmonne-t-elle. Où es-tu quand j'ai besoin de toi?

— J'ai entendu dire que vous aviez fait des maquillages pour plusieurs magazines, dit Flavie en s'appuyant sur le comptoir en verre.

— Oui, c'est vrai. J'ai été maquilleuse et styliste durant des années, répond Charlie. Ah! te voilà!

Elle prend un rouge à lèvres sur le présentoir et se tourne vers Flavie en souriant.

— Ce n'est pas parce que je suis un peu plus âgée que toi que je ne sais pas ce que je fais.

— Je n'ai jamais pensé ça! s'exclame Flavie.

Je ne peux pas m'empêcher de rire un peu, car je sais que c'est exactement ce qu'elle a pensé.

— Quelle couleur de mascara emploies-tu? me demande Charlie. Moi, je crois que tu devrais opter pour le brun foncé.

— Je n'utilise pas de mascara. Je ne me maquille pas, habituellement.

— Ah bon? s'exclame Charlie. Alors, quelle est l'occasion?

— Nous allons à une fête tout à l'heure. Flavie et moi... Au fait, voici Flavie, et moi, je suis Nico.

— Enchantée!

— Moi aussi. Comme je le disais, nous allons à une fête. Nous avons déjà nos tenues, mais nous aurions besoin d'une leçon de maquillage intensive.

— Ce ne sera l'affaire que d'une journée? demande

Charlie. Vous ne devriez pas acheter beaucoup de produits si vous ne comptez pas les utiliser de nouveau.

— Oh non! Nous avons décidé de nous offrir une métamorphose, annonce Flavie. Nico est amoureuse d'un gars, et elle essaie d'attirer son attention.

— Flavie!

Les traits de Charlie s'adoucissent, et elle cligne des yeux d'un air rêveur.

— Ah, les premières amours! soupire-t-elle. Est-ce qu'il est très séduisant?

Je me sens rougir.

— Très, intervient Flavie.

Charlie prend une feuille de papier sur laquelle est tracé le contour d'un visage.

— Je vais tout te montrer, dit-elle, passant le pinceau qu'elle a utilisé pour appliquer mon fard à joues sur le visage en papier et inscrivant une note à côté. Tu pourras emporter cette feuille chez toi pour te rappeler ce qu'on a fait ici. J'en ferai une pour toi aussi, dit-elle à Flavie.

Cette dernière grimace légèrement en consultant la liste de prix posée sur le comptoir : Leçon de maquillage donnée par une maquilleuse professionnelle : 50 $.

— Hum... nous n'avons pas beaucoup d'argent, marmonne Flavie.

Charlie allonge le bras et rabat la liste de prix.

— C'est la promotion du dimanche matin, déclare-t-elle en écrivant frénétiquement sur le visage en papier. C'est gratuit. Maintenant, pour le mascara... La plupart des gens vous diront qu'il vaut mieux payer plus pour une marque chère, mais moi, je vous assure que le mascara bon marché fait le même travail. Ce qu'il faut faire, c'est déterminer la couleur qu'on veut en se basant sur les échantillons des marques les plus chères, puisqu'elles offrent plus de couleurs. Ensuite, on essaie de trouver le produit qui s'en rapproche le plus, pour le tiers du prix.

D'un coup sec, elle s'empare d'un mascara accroché au mur et défait l'emballage pour en appliquer sur mes cils.

— Regarde au plafond. Maintenant, cligne des yeux sur la brosse. On n'en mettra que sur tes cils supérieurs, ce sera plus subtil. Je suis d'avis qu'il te faut un maquillage simple et rayonnant pour tous les jours.

— Oui, rayonnant! approuve Flavie.

— Pour toi, je suggère quelque chose d'un peu plus spectaculaire, poursuit Charlie. Peut-être une teinte d'abricot, avec une touche de brillant. Il y a un côté théâtral chez toi.

— Elle fait partie de la troupe de théâtre, dis-je.

— Ça explique tout, dit Charlie en opinant de la tête. Voilà. Regarde-toi maintenant.

Elle me présente un miroir pour que je puisse voir mon visage.

— Génial! C'est à peine si on peut dire que je suis maquillée.

— Sauf que tes yeux... commence Flavie d'une voix traînante.

— Oui...

Je sais ce qu'elle veut dire. Je ne ressemble plus tout à fait à celle que j'étais. Il faudrait apposer sur mon front un autocollant disant « Nouvelle et améliorée ». Par ailleurs, Charlie avait raison. Le fard à joues ne paraît pas du tout mauve sur mon visage; il fait parfaitement naturel.

— Ce fard à joues coûte cher, explique Charlie, et c'est peu probable que tu trouves l'équivalent parmi les fards bon marché. Je vais te donner quelques échantillons gratuits pour commencer.

— Merci! dis-je en retenant mon souffle.

Je n'en reviens pas de la chance que nous avons.

Charlie me fait un clin d'œil en prenant un petit panier dans lequel elle laisse tomber une poignée d'échantillons.

— C'est pour une bonne cause! Mais tu dois me promettre que tu reviendras me dire si tu as conquis ce garçon.

Je trace une croix sur mon cœur.

— C'est promis.

— Et toi? demande Charlie en s'adressant à Flavie. Quelque chose me dit qu'il y a un garçon dans le tableau pour toi aussi. Je me trompe?

Flavie rougit et se mordille les lèvres. Son visage est écarlate, et je ne peux pas m'empêcher de me demander quelles couleurs de maquillage conviendraient à ce teint.

— Pas encore prête à en parler? reprend Charlie en hochant la tête. Mais je m'attends à ce que tu reviennes me dire si ça a marché, d'accord? Promis?

— Promis, glapit Flavie.

Je lève les sourcils.

J'avais complètement oublié que Flavie avait le béguin pour un gars. Qui est-ce? Je note mentalement qu'il me faudra essayer de la faire parler tout à l'heure.

— Bon, très bien, dit Charlie.

Elle s'affaire dans le magasin, saisissant des produits ici et là, et les mettant dans notre panier.

— C'est le moins cher de tous les cosmétiques sur le marché, continue-t-elle en prenant un rouge à lèvres. Et le meilleur. Et voici le mascara que tu as essayé. Bien sûr, il te faut un démaquillant. N'oublie pas de l'utiliser tous les soirs; sinon, c'est ta peau qui en paiera le prix. O.K., passons à la caisse maintenant.

Lorsque nous quittons le magasin, Flavie et moi avons une mine superbe et des sacs remplis de tout ce qu'il nous faut pour être en beauté à la réception. De plus, nous avons dépensé beaucoup moins que ce que nous croyions avoir à débourser au départ. Et Charlie nous a remis plus d'échantillons gratuits que nous ne saurions en utiliser. Elle nous a même offert du parfum.

— Je crois que je suis prête pour un gros plan, dis-je à Flavie tandis que nous retournons chez moi.

— C'est l'heure de la répétition générale!

Tout ce qu'il me reste à faire maintenant, c'est apprendre mes répliques.

Flavie prend une carte-éclair.

— Le sportif, lit-elle.

— Je lui demande quels sports il pratique, dis-je.

— Oui!

Elle retourne la suivante.

— L'intello.

— Quel est ton livre préféré?

— Exact. Ou encore tu lui demandes quel est son auteur favori. Tu t'en tires bien! Aucune fille n'aura autant d'assurance que toi à la fête!

Je suis assise en tailleur sur mon lit tandis que Flavie est calée dans mon fauteuil rouge moelleux à côté de la fenêtre. C'est là que je m'installe presque toujours pour lire, blottie contre le bras. Flavie porte des chaussures à brides brunes, une minirobe de la même couleur et un boléro en dentelle orange foncé assorti. Avec ses cheveux roux, elle me fait penser à une feuille d'automne. De mon côté, j'ai choisi une jupe en tricot noire. Elle s'arrête au-dessus du genou et ressemble à une jupe portefeuille, mais elle ne compte en fait que trois épaisseurs. Je la porte avec un corsage fuchsia à encolure en V ornée de dentelle. Et, bien entendu, nous affichons toutes les deux un visage parfaitement maquillé, grâce à la complicité de Charlie.

Flavie jette un coup d'œil sur sa montre.

— Ma mère sera là d'une minute à l'autre.

Je tripote la petite barrette ornée de fausses pierres dans mes cheveux.

— Tu es certaine que je peux venir?

— N'y touche pas! ordonne Flavie en regardant ma barrette. Tu vas la faire tomber. Ma tante a dit que je pouvais amener une amie, alors calme-toi. De plus, ce sera une grande fête. Il y aura de la parenté que je n'ai même jamais rencontrée, et tu te mêleras facilement à tout ce monde-là. Continuons...

Elle retourne une autre carte.

— Aucun type en particulier.

— Je compte aller au cinéma en fin de semaine. As-tu vu un bon film récemment? dis-je comme une automate.

J'ai l'impression d'être en train de me farcir le crâne avant un examen d'espagnol. C'est Flavie qui a eu l'idée des cartes-éclair. Elle les a rédigées après avoir lu un article dans un magazine, sur la façon de faire la conversation avec les gars, et elle en est *extrêmement* fière.

— Et que fais-tu s'il n'en a vu aucun? demande Flavie.

Je ferme les yeux très fort.

— Je lui demande quel est son lien de parenté avec le fêté, David.

— Parfait! Ça te vient de façon naturelle!

Je me lève brusquement pour aller me regarder dans le miroir.

— Pourtant, je ne me sens pas naturelle. Tu es sûre que je suis bien?

— Tu es splendide! s'exclame Flavie. Qu'est-ce qui t'inquiète? Tes cheveux sont magnifiques.

— Je ne suis pas certaine d'avoir choisi les bons souliers, dis-je en regardant mes chaussures à bouts pointus.

Le talon est bas, et pourtant...

— J'ai de la difficulté à marcher.

— On sera presque tout le temps assises, promet Flavie.

— Et ce haut est un peu trop ajusté.

J'essaie de l'étirer un peu, mais il reprend aussitôt sa place.

— Il me serre.

— Écoute, je ne peux pas me pencher avec ce truc, avoue Flavie en désignant sa robe. Mais on s'en moque! Ça n'a aucune importance.

À cet instant, la porte de ma chambre s'ouvre toute grande, et Alex entre en disant :

— Flavie, ta mè…

Il ne va pas plus loin, car il perd instantanément la voix en nous apercevant. Il m'examine d'abord et reste bouche bée. Mais lorsque son regard se pose sur Flavie, il reste carrément baba. Ses yeux font saillie comme ceux d'une grenouille, et sa bouche s'ouvre et se referme, sans qu'il émette le moindre son.

Flavie rit sottement et devient toute rouge.

Pauvre Alex! Je le trouve un peu pathétique, debout devant la porte avec son jean ample et son vieux t-shirt miteux, alors que nous sommes tirées à quatre épingles. Je suppose qu'il ne s'attendait pas à voir Flavie habillée comme ça.

— La mère de Flavie est arrivée?

Alex me regarde en clignant des yeux, comme s'il sortait d'un rêve.

— Hein?

Je répète, un peu plus lentement cette fois :

— Es-tu venu nous dire que la mère de Flavie est arrivée?

— Quoi? Oh… oui! Elle est… euh…

Alex fait un signe vers l'arrière avec son pouce, puis il pivote, franchissant le seuil à moitié.

— Elle est… euh… elle…

— Elle nous attend? dis-je.

Alex me montre du doigt.

— C'est ça.

Il hoche la tête, jette un dernier coup d'œil à Flavie, les yeux écarquillés, puis il s'éclaircit la voix et déguerpit.

Flavie et moi échangeons un regard étonné avant d'éclater de rire.

— On dirait que nos tenues lui ont fait de l'effet! lance joyeusement Flavie en prenant son sac en suède brun bordé de franges.

— Peut-être même un peu *trop*.

En général, mon frère n'est pas du genre à rester sans voix. Ça non!

— Trop? fait Flavie tandis que nous allons rejoindre sa mère. Nicolette Salois, tu sais bien que ce n'est jamais trop.

— Tu ne m'avais pas dit que la réception aurait lieu dans cet hôtel, dis-je à Flavie tout bas, pendant que son père remet les clés de l'auto au préposé au stationnement.

L'hôtel en question est le plus chic de toute la ville. Je n'y suis jamais entrée.

— Eh bien, tu le sais maintenant, réplique Flavie.

— La famille de David est pleine aux as, déclare Delphine.

— *Bourrée* de fric, oui, ajoute Sandrine en rejetant ses cheveux bouclés en arrière.

— Les filles! s'exclame Mme Kirouak en leur lançant un regard d'avertissement. C'est impoli de parler de la fortune des gens.

Delphine hausse un sourcil à la ligne parfaite tandis que nous entrons dans le hall en marbre noir.

—Impoli, peut-être... N'empêche qu'on a raison, riposte-t-elle en observant un arrangement floral plus grand que moi.

Un immense vase en céramique orné de fougères déborde d'oiseaux de paradis et d'autres fleurs exotiques. Le hall est rempli de palmiers et de plantes luxuriantes, et au centre de la pièce se trouve une grande cascade qui coule sur des rochers noirs avec un doux murmure. Au-dessus de nous, un plafond vitré laisse entrer une magnifique lumière naturelle qui baigne l'endroit. On se croirait au milieu de la plus chic forêt tropicale artificielle.

— La réception a lieu dans la salle Montigny, dit le père de Flavie en regardant l'invitation.

Il nous fait traverser la réception et nous conduit dans une immense salle. Des fenêtres, du plancher au plafond, enjolivées de draperies vert forêt occupent l'un des murs.

Un bouquet composé de petites fougères et de fleurs tropicales rouges orne chaque table. Un orchestre est installé sur une scène à l'une des extrémités de la salle et joue un air connu, et quelques personnes évoluent déjà sur la piste de danse. C'est tout simplement somptueux.

Une petite femme, dont la largeur est presque égale à la hauteur et dont les cheveux gris sont impeccablement coiffés, lève vers nous un visage rayonnant.

— Mes amours! s'écrie-t-elle à l'instant où elle nous aperçoit. Robert, comme tu es élégant! Et regardez cette charmante famille! Delphine, ma belle, j'adore cette robe rouge. Regarde, je porte du rouge, moi aussi. Tout le monde va penser que nous nous sommes consultées pour choisir nos tenues! Et Sandrine, ma mignonne, tu as l'air d'une vedette de cinéma! Mais qui est-ce? Mon Dieu, il y a si longtemps que je n'ai pas vu Flavie! Viens m'embrasser, ma puce!

— Bonjour, tante Rita, dit Flavie en lui donnant une bise sur la joue.

La femme l'étreint bien fort, puis se tourne vers moi.

— Et qui est cette ravissante jeune fille?

— Ma meilleure amie, Nico.

Flavie sourit, et je souris aussi. En fait, tout le monde sourit. L'enthousiasme de tante Rita est contagieux.

— Vous êtes tous magnifiques, absolument magnifiques! Les filles, vous serez à la table D. Robert et Anne-Marie, venez par ici, mes chéris… Vous êtes assis avec moi!

— Dites donc, vous deux, fait Delphine tandis que nous nous dirigeons vers la table D. Vous vous habillez...

Elle cherche le mot qui convient.

— ... mieux.

— Vraiment? demande Flavie en se tournant vers Sandrine pour confirmation.

— Ne m'adresse pas la parole, dit sèchement Sandrine.

Elle est toujours furieuse à propos de la tache de yogourt glacé au chocolat sur sa robe rose.

— Mais effectivement, c'est beaucoup mieux, ajoute-t-elle.

Je suis tellement surprise d'entendre le compliment de Sandrine que je fais un faux pas, dans mes souliers neufs. Je regarde autour de moi pour m'assurer que personne ne m'a vue trébucher, et c'est à ce moment-là que j'aperçois Benjamin, assis à une table avec d'autres gars... et que je trébuche de nouveau.

— Est-ce que ça va? demande Flavie en me retenant par le coude pour ne pas que je tombe.

— Benjamin est ici, dis-je dans un souffle, en me glissant sur ma chaise.

Assise, enfin! *Je me promets intérieurement de ne plus jamais me relever.*

— C'est vrai?

Flavie tend le cou.

— Oh, tu as raison! Hé, Benjamin! crie-t-elle en lui faisant signe.

Je lui saisis la main et siffle :

— Qu'est-ce que tu fais? Je ne veux pas le voir tout de suite!

Mais il est trop tard. Il nous a vues. Il se lève...

— Mais pourquoi? demande Flavie. Tu es superbe! Tout est parfait!

— Mais je suis censée *m'exercer!*

— Oh! c'est vrai. Eh bien, tant pis!

— Regarde, c'est Rachel, dit Delphine à Sandrine. Allons la saluer. À tout à l'heure, vous deux!

— Bonne chan-ance! chantonne Sandrine en me regardant et en souriant à Benjamin qui s'approche de notre table.

Ce dernier porte une chemise bleue et une cravate rayée, avec un pantalon kaki. Il est encore plus mignon que d'habitude... si c'est possible.

— Eh bien, si ce n'est pas Flavie Kirouac et la fille au jus de fruits, dit Benjamin en s'assoyant à la place de Delphine.

Il me sourit.

— Nico, c'est ça?

Je me donne quelques secondes de réflexion. Mon nom sonne différemment, prononcé par lui. Mieux.

— C'est ça, dis-je enfin.

Flavie me regarde tandis que je m'efforce de me rappeler quelques phrases clés pour entamer la conversation, mais aucune ne me vient. Elles ont complètement disparu de ma mémoire, sans aucune exception.

Heureusement, ma meilleure amie semble comprendre ce qui se passe et intervient.

— Alors, Benjamin, comment connais-tu David?

— On était dans le même cours de sciences l'année dernière, explique Benjamin. Et vous?

— Nous sommes cousins, répond Flavie.

— Et tu connais David par l'intermédiaire de Flavie? me demande Benjamin.

Je n'ai, en fait, jamais rencontré David, mais l'hypothèse de Benjamin se rapproche suffisamment de la vérité pour que je réponde :

— Exact.

Flavie s'éclaircit la voix et me donne un petit coup de pied sous la table. C'est peine perdue : je ne trouve rien à dire.

— Bon, reprend Benjamin au bout d'un moment. Je vais rejoindre David. Il n'a pas vraiment le moral aujourd'hui.

— Ah bon? dis-je. Pourquoi? C'est une belle réception.

— Il voulait une fête beaucoup plus simple pour sa bar-mitsva, explique Benjamin. Comme aller jouer à la tague au laser avec une dizaine de copains. Mais sa mère et sa tante Rita se sont consultées et…

— … il s'est retrouvé à l'événement mondain du siècle, à l'hôtel le plus luxueux de la ville, dis-je.

Un sourire se dessine aux coins des lèvres de Benjamin.

— Quelque chose de ce genre.

— On se reverra peut-être tout à l'heure sur la piste de danse, dit Flavie.

Benjamin fait la grimace.

— Je ne danse pas beaucoup, admet-il.

Et il s'en va.

— Eh bien, ça a été pénible, dis-je, une fois qu'il est hors de portée de voix.

Tout à coup, l'orchestre joue une chanson disco entraînante.

— Il faut que tu te détendes, me sermonne Flavie en me donnant un petit coup sur l'épaule. Fais preuve de caractère. Tu es une tombeuse! Une diva! Tu es splendide et tu le sais!

— C'est vrai?

— Bien sûr! Tu n'as qu'à jouer un peu la comédie, continue Flavie. Ne réfléchis pas tout le temps. Souviens-toi seulement que les gars aiment parler d'eux-mêmes, d'accord?

— Excusez-moi, est-ce que c'est la table D?

Je lève les yeux et constate qu'un beau gars aux cheveux blonds bouclés se tient derrière la chaise à côté de la mienne.

— Je suis censé m'asseoir à la table D, explique-t-il.

— C'est ici! glapit Flavie en appuyant légèrement sur mon orteil avec son soulier.

Un nouveau sujet d'étude, me dis-je alors qu'il s'assoit à côté de moi. *En plus, il est mignon. Parfait.*

— Je m'appelle Nicolette, et voici Flavie.

— Jacob Descôteaux, dit le beau gars avec un grand sourire. Je crois que je vous ai déjà vues dans le coin. Est-ce que vous allez à Valmont?

— Oui, dis-je. On est en secondaire un.

— Moi, je suis en secondaire trois, réplique-t-il d'un ton un peu suffisant, comme si c'était un formidable exploit.

Ça ne fait rien, il est seulement mon sujet d'étude, après tout. *Bon*, dis-je, m'efforçant d'identifier son type. *Il a l'air un peu sportif.*

— Est-ce que tu fais du sport?

— Oui, de la lutte, répond Jacob. C'est un sport fantastique, et je ne comprends pas pourquoi il n'y a pas plus de gens qui assistent aux compétitions. Savais-tu que nous sommes les meilleurs au classement dans la région? La plupart des gens à Valmont n'en ont aucune idée. Ce qui est vraiment dommage, car c'est un sport ancien. Les Grecs et les Romains pratiquent la lutte depuis des siècles.

Il se lance dans une explication des catégories de poids et des techniques de lutte, qui dure tout le temps que nous mangeons notre salade.

Ça fonctionne à merveille! me dis-je tandis qu'il continue à parler. *D'accord, c'est un peu ennuyeux, mais qu'importe!* Il finit par s'essouffler.

— As-tu vu un bon film récemment? dis-je.

— Ouais! As-tu vu *Un kangourou maître kung-fu?* C'est hilarant! Il y a une scène renversante où le kangourou...

Bon, il y a le voleur de diamants, tu me suis? Il a un sac rempli de diamants et...

Je hoche la tête comme si je savais de quoi il parlait, et il continue à me raconter l'intrigue du film. Je n'ai qu'à faire oui de la tête en disant toutes les deux ou trois minutes :

— Ça semble très drôle.

Et il continue.

— Tu devrais vraiment aller voir ce film, conclut-il.

Bien entendu, je n'ai pas besoin d'aller le voir, étant donné qu'il me l'a raconté du début à la fin, mais je me contente de dire :

— Ça semble très intéressant.

À côté de moi, Flavie ricane et attaque son poulet.

— Hé! s'exclame soudain Jacob. Ils jouent cette chanson qu'on entend partout ces temps-ci! C'est super! Il faut qu'on aille danser!

Il me prend par la main.

Je suis surprise et flattée.

Il veut danser? Avec moi? Ce magazine est génial!

— J'adore cette chanson, renchérit Flavie en reculant sa chaise. Allons-y!

Évidemment, la piste de danse est bondée, et tout le monde danse en cercle. Même Benjamin est là, au bord de la piste. Pour quelqu'un qui ne danse pas beaucoup, il s'en tire très bien. Il semble y avoir des pas précis à suivre, mais je me dis que je peux peut-être tromper tout le monde avec quelques sautillements ici et là.

— Venez, mes amours! crie tante Rita en gesticulant

frénétiquement tout en attrapant la main de Flavie. N'est-ce pas extraordinaire? C'est fou ce qu'on *s'amuse!*

Flavie prend ma main droite, et Jacob, ma main gauche. L'instant d'après, je suis entraînée dans un tourbillon. Je suis Flavie avec maladresse, et j'ai à peine fait trois pas lorsque je perds mon soulier et tombe... à plat ventre.

Jacob rit et réussit à m'éviter, mais un grand homme avec des pieds immenses trébuche sur ma jambe en laissant échapper un aaaah!

— Oncle Éphrem, qu'est-ce que tu fais? crie quelqu'un.

Et bientôt, il y a un énorme carambolage parmi les danseurs qui étaient en file.

— Ça alors, Nico! Est-ce que ça va? s'écrie Flavie.

Elle a été entraînée plus loin momentanément, mais elle réussit à se frayer un chemin parmi les invités pour venir m'aider.

— Oh, ma pauvre chérie! Tu n'as rien? demande tante Rita, qui se tient juste derrière elle.

— Non, ça va, dis-je en prenant la première main tendue vers moi.

Je me sens rougir violemment, et ma cheville me fait un peu mal, comme si je me l'étais tordue.

— Tu es certaine? demande une voix familière.

Je lève la tête et aperçois de magnifiques yeux bruns fixés sur moi. Benjamin.

C'est lui qui m'a aidé à me relever, et sa main est toujours dans la mienne.

— Je n'ai rien.

Je sens la chaleur de ses doigts.

Il sourit.

— Originale, ta chorégraphie, plaisante-t-il.

— Ça alors! C'était imbattable! s'exclame Jacob en hurlant de rire et en se tenant presque les côtes.

Mon visage s'enflamme. *Pourquoi faut-il toujours que je gaffe quand Benjamin est aux alentours?* me dis-je en pestant contre moi-même. Je suis tellement furieuse contre ma propre maladresse que les larmes me montent aux yeux, ce qui ne fait qu'accentuer ma colère. Je ne pleure pas souvent, et pourtant, voilà que je suis sur le point d'éclater en sanglots au beau milieu d'une fête en l'honneur de David Kirouac.

— Tu es sûre que ça va? demande alors Benjamin, doucement.

Flavie semble deviner exactement ce que je ressens, car elle me prend par le bras et m'emmène plus loin.

— Elle va bien! On s'en va aux toilettes lui refaire une beauté. On revient tout de suite! Allez-y, dansez, tout le monde!

Puis, me guidant et me poussant à la fois, elle me conduit hors de la salle.

— Ça ira, chuchote-t-elle en passant son bras autour de ma taille tandis que nous disparaissons dans le hall. Ça ira. Ce n'est pas aussi terrible que tu l'imagines.

— Tu es une belle menteuse.

— Je sais, reconnaît Flavie en m'étreignant doucement.

Je pousse un soupir.

— Tu es une bonne amie, Flavie Kirouac.

— Je sais ça aussi, dit-elle en entrant dans les toilettes. Mais prends les choses du bon côté : notre expérience a été un succès total. Jacob Descôteaux te trouve sensationnelle! Tu sais parfaitement parler aux gars. Et Benjamin aura oublié ce qui s'est passé, d'ici la fête chez Hannah la fin de semaine prochaine.

— Tu le penses sincèrement?

— Euh, non, admet Flavie. Mais une chose est sûre, tu as retenu son attention.

— Oui, dis-je en soupirant de nouveau. Ça, c'est indéniable.

JOUR 5
LUNDi

HOROSCOPE
Bélier (du 20 mars au 21 avril)
Un malentendu te donnera l'impression que tout ton univers bascule! Mais souviens-toi que tu n'es pas folle. Ce sont les autres qui sont fous.

— Mais vas-tu sortir de là?

Alex donne deux bons coups dans la porte, puis il en ajoute un troisième, plus fort encore, pour faire bonne mesure.

— Il faut que je prenne une douche!

— J'ai presque fini!

Je passe mes doigts dans mes cheveux. Je ne sais pas pourquoi, mais je n'arrive pas à recréer l'effet naturel décoiffé que Flavie et Delphine ont pourtant réussi sans peine. En 30 minutes, j'ai utilisé la moitié d'un contenant de crème coiffante, et voilà que ma tête paraît plus grosse d'un côté. Sans parler des 20 minutes que j'ai passées à essayer de m'appliquer du mascara sans m'en mettre partout. Et il faudra encore que je me mette du fard à joues et du fard à paupières dans les toilettes des filles avant le premier cours. Si je me maquille ici, je sais que ma mère va s'énerver en me voyant. *C'est du travail, se maquiller. Il faudra que je me lève plus tôt demain.*

— Ça fait 45 minutes que tu es là-dedans! crie Alex.

Comme si c'était un crime contre l'humanité de passer trop de temps dans la salle de bains.

Boum! On dirait un coup de pied.

— Ça va, ça va! dis-je en grognant et en remettant la crème coiffante dans l'armoire à pharmacie.

Je comprends que je ferais mieux de sortir de là avant qu'Alex enfonce la porte. Je fixe ma frange à l'aide d'une barrette scintillante et j'ouvre la porte.

— Voilà, je te laisse la place.

— Pourquoi es-tu habillée chic? demande Alex.

Il a les cheveux tout ébouriffés et de petits yeux . Avec son vieux pantalon de pyjama à carreaux, il a l'air un peu dément.

Je baisse les yeux pour jeter un coup d'œil sur ma propre tenue : une robe verte à volant et un blouson orné de broderie. J'ai opté pour des chaussures confortables, des ballerines. Les talons, c'est fini pour moi.

— Je ne suis pas habillée chic.

Alex indique ma robe du doigt.

— Et ça, qu'est-ce que c'est?

— Une robe.

— Oh, et tu ne trouves pas que ça fait chic? Toi? *Toi*, qui croyais que c'était tout à fait convenable de porter un chandail molletonné avec un trou sous le bras au mariage de la cousine de maman?

— Le trou ne se voyait pas! En plus, maman m'a dit de me changer.

— Qu'est-ce que je suis en train d'oublier?

Alex passe une main dans ses cheveux, ce qui ne fait que les déplacer encore plus d'un côté.

— C'est la photo de classe? C'est ça, hein?

— Alex, la photo a été prise il y a un mois, tu te rappelles? Je te le répète, je ne suis pas habillée chic.

Bon sang, une fille ne peut pas être jolie sans que son propre frère se pose des questions?

Les yeux verts d'Alex rétrécissent tandis qu'il balance sa serviette par-dessus son épaule.

— Quarante-cinq minutes dans la salle de bains, une robe... marmonne-t-il d'un ton soupçonneux. Qu'est-ce que tu manigances?

— Alex! crie mon père. Nico! Vous n'aurez pas le temps de déjeuner si vous ne vous dépêchez pas!

— J'arrive! dis-je.

— Est-ce qu'on doit remettre un travail en particulier aujourd'hui? demande Alex, comme s'il était un avocat faisant un contre-interrogatoire. On a un exposé oral? La foire des sciences n'aura lieu que dans quelques mois...

— Il n'y a rien.

— Pourquoi tu ne me dis pas ce qu'il y a, tout simplement?

— Il n'y a rien, je te le jure!

— Tu parles!

— Parfois, j'ai du mal à croire qu'on est jumeaux, dis-je en me dirigeant vers l'escalier.

— C'est pourtant pour ça que je peux lire dans tes pensées, chère sœur! lance Alex en entrant dans la salle de bains. En tout cas, tu ne vas pas me faire passer pour un imbécile! Je prends une douche éclair, puis je me fais beau, moi aussi!

— Comme tu veux, tête de mule! dis-je au moment où la porte de la salle de bains se referme en claquant.

— Oh, Nico! Comme tu es jolie! s'écrie ma mère lorsque j'entre dans la cuisine.

Elle porte le chemisier rouge qu'elle a acheté au centre commercial, avec une jupe beige. Cette tenue lui va à merveille.

Mon père pose un verre de jus d'orange à ma place.

— Il y a quelque chose de spécial à l'école aujourd'hui, Nico? demande-t-il en s'assoyant à la table.

Je soupire. Je commence à me rendre compte que ma métamorphose est un peu plus spectaculaire que je ne l'aurais cru.

— Non, rien de spécial. Je voulais seulement porter mes vêtements neufs.

Ma mère tend le bras et fait bouffer légèrement mes cheveux.

— Voilà, dit-elle. Tu es superbe.

— Merci, maman.

Je prends une bouchée de ma rôtie. En tout cas, une chose est certaine : être superbe, c'est compliqué.

— Ça, par exemple!

Carla est la première personne qui m'aperçoit lorsque je sors des toilettes des filles. J'ai tenté de me refaire un maquillage « à la Charlie ». Je sais que ce n'est pas parfait, mais je n'ai pas pu faire mieux.

— Nico, tu es splendide!

— Incroyable! ajoute Justine. Quelle est l'occasion?

— C'est lundi, dis-je en me dirigeant vers mon casier.

Ça me fait un peu bizarre d'entendre tous ces gens commenter mon apparence. C'est à croire que j'ai une grosse flèche au néon pointée au-dessus de la tête.

— Salut, Nico!

En me retournant, j'aperçois Hannah appuyée contre le casier voisin du mien. Elle est parfaite, comme d'habitude, dans sa minijupe en velours côtelé bleu pâle et son chandail ivoire. Elle me toise de la tête aux pieds, l'air railleur.

— On dirait bien que tu as un rendez-vous galant.

Je ne sais pas comment elle s'y prend, mais d'un seul regard, elle parvient à me faire perdre toute la confiance que j'avais depuis ce matin. J'ai l'impression d'être une idiote.

— Ouais, c'est ça, dis-je en rougissant.

— Ne sois pas mal à l'aise, on ne parle que de ça dans toute l'école.

Hannah repousse une mèche de cheveux blonds derrière son oreille.

Je sors mon gros manuel de géographie de mon casier.

— On parle de quoi?

— De toi et de Jacob Descôteaux, voyons! lance Hannah. À tout à l'heure, Nico!

Et elle s'éloigne avant que j'aie le temps d'ajouter quoi que ce soit.

C'est bizarre, tout ça, me dis-je en refermant mon casier et en tournant la roulette de mon cadenas à chiffres. Je pivote et me retrouve nez à nez avec Flavie.

— Qu'est-ce que c'est que cette histoire avec Jacob Descôteaux? demande-t-elle.

Je saute presque au plafond.

— Quoi?

— Élise Jodoin vient de me dire que tu sors avec Jacob! Il paraît que tout le monde est au courant dans l'école. Pourquoi ne m'as-tu rien dit, Nico? Je ne peux pas croire que je l'ai appris d'*Élise*, en plus!

Lorsque Flavie prononce ce nom, on croirait entendre un chat aux prises avec une boule de poils, comme si les syllabes étaient coincées dans sa gorge. Non pas qu'Élise ait quoi que ce soit à se reprocher. Seulement, elle est l'une de ces filles qui sont tellement gentilles que ça vous donne la nausée.

— Ce n'est pas vrai! Je connais à peine Jacob!

Flavie paraît étonnée.

— Tu es sérieuse?

— Comme si j'allais raconter une chose pareille à Élise Jodoin avant de t'en parler, dis-je en levant les yeux au ciel. Sois réaliste!

— Mais alors... Pourquoi es-tu aussi chic? demande Flavie en examinant ma tenue.

— J'ai cru que j'étais censée m'habiller comme ça! dis-je d'un ton gémissant.

Pffff! Si j'avais su que j'attirerais autant l'attention, je ne me serais pas donné la peine de passer tout ce temps dans la salle de bains, ce matin.

Flavie pousse un soupir et remonte sur son épaule la courroie de son sac à dos bleu et mauve, à motifs de tourbillons. Elle porte un jean foncé et un t-shirt rose arborant le dessin élaboré d'un raz de marée. Ses cheveux roux et lisses tombent librement dans son dos, et elle a mis du mascara et du brillant à lèvres rose pâle. On croirait qu'elle sort d'une séance de photos pour un magazine de mode destiné aux adolescentes. C'est la Flavie que je connais, mais en mieux.

— Ce que nous recherchons, Nico, c'est un style à mi-chemin entre le maillot de basket qui pue et la tenue de sortie en ville.

Je proteste en me regardant dans le miroir à l'intérieur de mon casier.

— Tu as dit que cette robe était super!

— Elle est super! insiste Flavie. Mais il te faut quelque chose d'un peu plus décontracté pour l'école. Par exemple, tu pourrais porter la même robe avec des chaussures de sport au lieu de ces ballerines, et peut-être un blouson en jean au lieu de celui-ci, plus classique. Et garde les barrettes qui brillent pour le soir. Oh, et laisse tomber le sac à main.

Aussi, tu n'as pas besoin d'un maquillage complet pour l'école. Du mascara et du brillant à lèvres devraient faire l'affaire.

— Merci de me dire tout ça *maintenant*, dis-je en grognant et en m'apprêtant à enlever ma barrette.

— Qu'est-ce que tu fais? Ne l'ôte pas! s'exclame Flavie.

— Je croyais que j'étais trop chic.

Tout ça devient trop compliqué pour moi.

— Tu es magnifique. Si tu enlèves ta barrette, tu vas gâcher ta coiffure. Reste comme ça pour aujourd'hui, et habille-toi plus décontracté demain, conseille Flavie.

Au même instant, Alex arrive comme un ouragan et ouvre brusquement le casier à côté du mien.

— Merci beaucoup, Nico, crache-t-il en enlevant d'un geste furieux sa cravate bleu pâle à motifs de petits voiliers.

Il a fière allure dans sa chemise bleu vif et son pantalon en coton beige.

Flavie et moi échangeons un regard.

— Qu'est-ce que j'ai fait? dis-je.

— Tous les gars se moquent de moi parce que je porte une cravate!

Il jette la cravate dans son casier et le referme en faisant claquer la porte.

— Tu aurais pu me dire qu'il n'y avait rien de spécial aujourd'hui!

— J'ai essayé!

Mais Alex s'éloigne déjà dans le couloir. Je commence à

croire que personne n'écoute *ce que je dis*. La Terre continue de tourner, et les gens autour de moi, indifférents, s'inventent leur propre réalité.

Le bruit des chaussures de sport grinçant sur le parquet résonne dans le gymnase tandis qu'Hannah s'élance vers le panier. Je trottine le long de la ligne de touche en faisant attention à ne pas aller trop vite. Je sens que l'une de mes barrettes va se détacher d'une seconde à l'autre.

— Démarquée! crie Carla.

Hannah lui passe le ballon, mais Anita l'intercepte et file dans l'autre direction, toutes les autres filles à ses trousses.

La sueur ruisselle sur ma joue, et je l'essuie avec mon avant-bras. *Oh, beurk!* Du fard à joues et du cache-cernes s'enlèvent aussi. Je suis franchement trop maquillée. Je passe mes doigts sous mes paupières inférieures en espérant que mon mascara n'est pas en train de couler partout sur ma figure. Ce serait vraiment désastreux.

Je n'ai pas vu Benjamin de toute la journée, mais je me dis que je le croiserai probablement après l'entraînement. Peut-être qu'il viendra faire un tour pour voir Hannah. Et si c'est le cas, je veux au moins être présentable. À quoi bon passer tout ce temps dans la salle de bains à me faire belle si l'élu de mon cœur ne peut même pas m'apercevoir dans toute ma splendeur? De plus, je veux tenter de redorer mon image après m'être rendue ridicule hier à la réception...

— Nico! crie Anita en me passant le ballon.

Elle lance un boulet de canon à ma gauche; normalement, c'est un tir que j'aurais attrapé facilement, mais je suis prise par surprise. Le ballon va échouer dans les gradins.

— Mais qu'est-ce que tu fais? demande Anita en posant ses poings sur ses hanches pendant que je vais récupérer le ballon.

— Désolée! dis-je, au moment où Sonia donne un coup de sifflet.

Je prends le ballon et rejoins en trottinant l'équipe qui s'est rassemblée sous le panier. L'entraîneuse ne sourit pas lorsque je lui remets le ballon.

— Désolée, dis-je de nouveau en grimaçant lorsque je remarque son regard désapprobateur.

— Où as-tu donc la tête, Nico? demande-t-elle.

Je baisse les yeux, et je suis presque aveuglée par ses chaussures de tennis étincelantes. Elle a raison : je n'ai pas la tête à jouer au basket.

— Je ne suis pas dans mon assiette aujourd'hui.

— Ouais, Nico… Pour quelqu'un qui veut qu'on lui fasse des passes, tu donnais l'impression de dormir pendant le jeu, renchérit Hannah.

Sonia la considère d'un air sévère.

— Je tiens à vous rappeler que le basket est un jeu *d'équipe,* dit-elle.

Elle reporte son regard sur les autres joueuses :

— Il faut que vous arriviez à vous concentrer sur la partie. Vous devez remarquer les autres joueuses et prêter attention à ce qui se passe sur le terrain. Anita, tu as très bien intercepté cette passe.

Fidèle à son habitude, Anita esquisse un sourire en coin pendant que Laurie lui donne un petit coup de coude amical dans les côtes.

C'est ce que j'aime chez Sonia : elle a réussi à signaler que la passe d'Hannah était faible sans même mentionner son nom. C'est sa façon bien à elle de rappeler à Hannah qui dirige.

— Nico, tu t'en tires habituellement très bien avec les passes et les lancers francs, continue Sonia. Tu sais que nous comptons sur toi pour jouer du mieux que tu peux.

Je fais un signe affirmatif.

— Je vais me ressaisir.

Sonia hoche la tête et parcourt quelques notes sur sa planchette à pince, puis elle nous laisse partir cinq minutes plus tôt.

— Je veux que tout le monde soit à l'heure demain. Notre dernier match aura lieu jeudi, et il semble que la moitié de l'école sera là pour nous voir affronter La Rivière. Je veux que le match soit chaudement disputé.

Elle a raison. Le club des partisans a fabriqué d'immenses banderoles pour annoncer le match et les a suspendues un peu partout dans l'école. ALLEZ LES LYNX! peut-on lire sur celle qui se trouve dans l'entrée principale. C'est une très jolie affiche, en fait. Notre mascotte est un lynx, mais quelqu'un a dessiné le célèbre chat Garfield en train d'engouffrer tout un plat de lasagne. *DÉVOREZ LA RIVIÈRE!* a-t-on écrit sous le chat.

— J'ai vraiment hâte d'affronter les filles de La Rivière, dit Carla. Elles se croient tellement bonnes.

— Elles le *sont*, fait remarquer Charlotte. Elles ont eu la meilleure fiche de la région pendant trois ans! Et elles n'ont essuyé aucune défaite cette année.

— Pour *l'instant!* riposte Carla en prenant la direction du vestiaire.

— Oui, mais si Nico nous refait le coup de la tête de linotte jeudi, on est cuites, lâche Hannah.

Ses yeux bleus me lancent un regard furieux, et j'ai l'impression d'être une idiote. C'est Hannah et Sonia qui ont raison : je ne pense qu'à ma nouvelle apparence, et ça affecte mon jeu.

— Tout le monde peut avoir une mauvaise journée, intervient Anita, avec quelque chose comme un avertissement dans la voix. Ça suffit, Hannah.

Cette dernière hausse les épaules, et les filles entrent lentement dans le vestiaire.

— Tu viens, Nico? appelle Anita.

— Dans une minute.

Anita laisse la porte se refermer, et le bruit des bavardages s'atténue. Je prends le ballon que Sonia a placé dans un sac devant les gradins, et je m'avance à la ligne de lancer franc. Je dribble deux fois et lance le ballon.

Bingo! Il n'a même pas touché l'anneau.

Je saisis le ballon au rebond et me prépare à effectuer

un autre tir. Au mur, l'horloge indique qu'il est 15 h 57. Je me demande vaguement si Benjamin viendra.

Bong!

Sur l'anneau.

Je secoue la tête tout en allant récupérer le ballon. Je dois rester concentrée sur le jeu, comme l'a dit Sonia. Par ailleurs, je me demande si je suis vraiment honnête avec moi-même. Je suis là, à faire des lancers francs... Mais pourquoi? Est-ce seulement parce que je veux m'entraîner? Ou parce que j'espère que Benjamin viendra?

Tout compte fait, l'un n'empêche pas l'autre, n'est-ce pas?

J'effectue encore quelques lancers et les réussis tous. Puis je m'exerce à faire des tirs en course. Je suis tellement absorbée par ce que je fais que je ne me rends pas compte de l'heure qu'il est, jusqu'au moment où Hannah sort du vestiaire.

— À la prochaine, Nico, dit-elle en franchissant la porte du gymnase, seule.

Je jette un coup d'œil à l'horloge. Seize heures trente.

Benjamin n'est même pas venu.

Zut!

Cette journée est un véritable gâchis! Tout ce temps passé à me faire belle, et il ne m'a même pas vue. Et maintenant, il est 16 h 30, et il me reste 15 minutes pour prendre une douche, me changer et rejoindre Flavie au bar laitier.

Je vais devoir sauter la douche. Oh, beurk... Il faut que je remette ma jolie robe! Je ne sais pas trop pourquoi, mais ça me paraît encore plus dégoûtant que d'enfiler un jean. Beaucoup plus dégoûtant.

Super.

Et n'est-ce pas mon frère qui disait que les gars aiment les filles qui sentent bon? Il me reste juste à souhaiter que Benjamin n'aime pas le lait frappé.

MARDi

Le langage gestuel : comment comprendre ce qu'il dit… quand il ne parle pas!

Un garçon qui s'intéresse à toi imitera généralement tes gestes. Il ne se rendra même pas compte de ce qu'il fait, mais si tu le surprends en train de se toucher l'oreille en même temps que toi, cela veut dire que tu lui plais!

Je passe la main dans mes cheveux humides tout en faisant les cent pas devant l'auditorium. De l'autre côté des portes à deux battants me parvient une interprétation de la chanson *Over the Rainbow*, du genre qui ne réussirait même pas la première audition dans une émission de téléréalité. La répétition se prolonge cet après-midi, suffisamment pour me rendre nerveuse. Au moins, je suis satisfaite de ma tenue. Je me suis précipitée dans la douche après mon entraînement, et j'ai remis le jean foncé, la tunique et la ceinture brune surdimensionnée que j'ai portés toute la journée. Après ma gaffe vestimentaire d'hier, Flavie est venue chez moi faire le ménage dans ma garde-robe.

— O.K., Nico. Tu dois viser à améliorer ton style de quelques crans, a-t-elle commencé en décrochant une jupe en velours côtelé. Passer d'une note de deux à six, par exemple, et non de deux à dix.

— Je vais passer sous silence le fait que tu viens d'attribuer une note de deux à ma garde-robe, ai-je dit.

Flavie a saisi un pantalon molletonné coupé.

— Première pièce à conviction.

Elle l'a lancé dans un coin destiné aux vêtements qualifiés de « trop laids pour ce monde ».

— Mais est-ce qu'Alex ne va pas courir se mettre une cravate s'il me voit avec ça? ai-je demandé en désignant la jupe brune que Flavie avait dans la main.

— Ça? Mais non, regarde! Tout dépend de ce que tu porteras avec.

Elle a pris un t-shirt à manches longues turquoise et des ballerines, et les a placés à côté.

Bon, jamais je n'aurais agencé du turquoise avec du brun. Ja-mais. Mais c'était joli. Très joli.

— Un peu de maquillage et une coiffure simple, et le tour est joué, a conclu Flavie.

— Où as-tu appris tout ça? Je croyais que tu ne connaissais rien à la mode.

— Ce n'est pas parce que j'ai *choisi* de porter des vêtements un peu excentriques que je ne sais pas comment m'habiller B.C.B.G., a protesté Flavie. Quand il est question de costumes, j'apprends vite. Et c'est exactement ce que c'est, non? Un costume!

J'ai réfléchi un instant. En fait, Flavie avait raison. Ce n'est qu'un costume. Mon costume de jolie fille.

Tout ça pour dire que Flavie a passé le reste de l'après-midi à créer des ensembles, à partir de ce que j'avais dans ma garde-robe, de sorte que, quand je me suis réveillée ce matin, j'ai pu choisir parmi des tas de tenues « chic-mais-pas-trop ». J'ai du style, mais pas au point de faire paniquer mon frère. Il faut dire qu'il boude toujours depuis l'incident de la cravate, hier.

— Hé, Nico!

Surgissant au bout du couloir, Jacob m'adresse un grand sourire en trottinant vers moi.

— Où étais-tu passée?

— J'étais dans le coin, dis-je vaguement, me demandant pourquoi il me pose cette question.

Où croyait-il que j'étais? En Indonésie?

— Hé! je t'ai apporté quelque chose, dit-il en fouillant dans sa poche.

— C'est vrai?

Je suis sidérée. *J'imagine que je lui ai fait encore meilleure impression que je croyais à la bar-mitsva de David!*

Au bout d'un moment, Jacob sort de sa poche un billet plié.

— C'est pour notre prochaine compétition de lutte, explique-t-il en me le tendant.

— Oh.

Je m'efforce de ne pas laisser paraître ma déception. Je

vois bien qu'il essaie d'être gentil. Mais... la lutte? Je ne peux pas dire que je meurs d'envie d'y aller.

— Ouais, enfin, tu avais vraiment l'air de t'intéresser à la lutte l'autre soir; je me suis dit que tu aimerais peut-être me voir clouer quelques gars au tapis!

Il sourit de toutes ses dents.

Pas de doute, il est mignon. Mais...

— Alors? Tu vas venir, n'est-ce pas? On pourrait aller quelque part après.

Pas question. Je ne peux pas imaginer pire scénario que de regarder de la lutte, puis d'écouter Jacob me parler encore de lutte après la compétition.

Quoique...

Jacob est mon sujet d'étude. Soudain, un passage que j'ai lu dans un magazine me revient à l'esprit : « Accepte toutes les invitations! Qui sait quand tu tomberas sur l'élu de ton cœur? De plus, certaines sorties peuvent se révéler amusantes, finalement. Et si ce n'est pas le cas, dis-toi que les sorties ratées font souvent de bonnes histoires à raconter à tes copines! »

Bon, au moins, ça me fera quelque chose de rigolo à raconter, me dis-je. *Alors, pourquoi pas?*

— Bien sûr, dis-je enfin.

— Super!

Jacob se frappe dans la paume de la main avec son poing.

— On va battre ces nuls de l'école Jean-Friolet!

— J'ai hâte de voir ça.

C'est un mensonge, bien sûr.

Jacob reste là pendant un moment, comme s'il attendait que je dise quelque chose. Ne trouvant rien d'intéressant à dire, je lui demande :

— Est-ce que tu viens à notre match jeudi?

— Jeudi?

Il secoue la tête comme s'il n'avait pas la moindre idée de ce que je racontais.

— Le match de basket-ball, dis-je.

Il n'a donc vu aucune des affiches qui tapissent les murs de l'école?

— C'est le match le plus important de l'année!

— Oh, ça. Tu es dans l'équipe? Eh bien, je n'avais pas prévu y aller, mais...

Il hausse les épaules.

— Peut-être bien.

Je lui adresse un sourire forcé. *Personne ne t'y oblige, tu sais,* dis-je intérieurement. Mais je réponds plutôt :

— Super!

— Alors, à demain, Nico!

Jacob me fait un petit signe de la main avant de s'éloigner dans le couloir.

— C'est ça, à demain, dis-je en fourrant le billet dans la poche de mon jean.

Il faut vraiment se retenir de dire ce que l'on pense quand on souhaite plaire à un garçon. C'est fou. Et ce n'est pas vraiment mon genre. Je préfère faire tout haut mes commentaires sarcastiques, plutôt que de les garder pour moi.

Je me demande combien de temps je tiendrai le coup.

Je dois attendre encore 15 minutes avant que Flavie sorte... en grande conversation avec Benjamin. C'est étrange : je m'attendais à ce qu'il soit là, bien sûr. Je sais qu'il fait partie de l'équipe technique. Mais lorsque je le vois là, devant moi, c'est comme si mon cerveau tombait en panne. *Qu'est-ce qu'ils ont, ses yeux chocolat, pour me faire fondre comme ça?*

— Nico! fait Flavie. Benjamin et moi parlions justement de toi.

— Ah bon?

C'est un miracle que j'aie pu prononcer ces deux mots, car tout ce que j'ai en tête, c'est : *des yeux chocolat, des yeux chocolat, des yeux chocolat...*

— Oui, ajoute Benjamin. C'est ton match de basket, jeudi.

— Je disais qu'on pourrait jouer cette chanson sur laquelle on a dansé à la fête de David, et tu pourrais faire tomber les filles de l'autre équipe, plaisante Flavie.

— Ça compterait sûrement pour une faute intentionnelle! ajoute Benjamin, dont les yeux se plissent joliment quand il sourit.

Je ne peux pas m'empêcher de rire. C'est bizarre, car si quelqu'un d'autre que Benjamin ou Flavie m'avait taquinée à propos de cet incident, je crois que je serais morte de honte. Mais je sais que ces deux là ont voulu faire une blague, tout simplement. Et même moi, je dois reconnaître que ma mésaventure à la fête de David était franchement très drôle. Enfin, plutôt drôle.

— Chose certaine, je n'ai pas l'intention de porter des souliers à talons hauts sur le terrain de basket.

— Excellente stratégie, approuve Benjamin.

Derrière nous, les élèves qui font partie de la troupe de théâtre continuent de sortir de l'auditorium par petits groupes, tandis que je me creuse les méninges pour trouver quelque chose à dire. Je songe aux cartes-éclair de Flavie. *As-tu lu un bon livre récemment? Trop intello. Quels sports pratiques-tu? Benjamin ne semble pas très sportif. Quel est ton lien de parenté avec le fêté? Totalement inapproprié.*

Qu'est-ce qu'on est censé faire déjà, quand on ne parle pas? Je me rappelle avoir lu quelque chose à propos du langage gestuel. Il paraît qu'il faut imiter les mouvements de celui que l'on veut séduire. Apparemment, ça fera bonne impression sur son subconscient.

— Alors, à quelle heure commence le match? demande Benjamin en se passant la main dans les cheveux.

À mon tour, je me passe la main dans les cheveux.

— À 15 h 45.

— Si on veut les meilleures places, il faudrait se rendre au gymnase dès que la cloche sonnera à 15 h 30, suggère Flavie. Peut-être qu'on pourrait tous se rassembler quelque part après votre victoire.

Elle me regarde en remuant les sourcils, comme pour suggérer quelque chose, mais Benjamin ne s'en aperçoit pas.

— Au bar laitier? dis-je en faisant comme si je ne l'avais pas vue non plus.

Benjamin penche la tête d'un côté, et je fais de même.

— Habituellement, je dois être chez moi à 17 heures, répond-il. Mais je pourrais en parler à ma mère.

— Tu serais probablement de retour vers 17 h 30 ou 18 h, dis-je en jetant un coup d'œil sur ma montre lorsqu'il consulte la sienne.

Benjamin plisse un peu les yeux et pince les lèvres; j'en fais autant. Puis il lève une main. Je lève la mienne et fais bouger mes doigts en même temps que les siens. Un sourire apparaît au coin de ses lèvres, et je me rends compte que nous sommes en train de nous adresser le salut vulcain de Star Treck.

— Qu'est-ce que tu fais? demande Benjamin.

Zut! Tout ça est censé se passer au niveau subliminal! Il ne doit pas s'apercevoir que je l'imite. Je tourne mon regard vers Flavie dans l'espoir qu'elle vienne à mon secours.

— Nico te taquine, c'est tout, explique-t-elle. N'est-ce pas, Nico?

— Oui...

Je m'efforce de trouver une raison pour justifier mon comportement.

— C'est un jeu stupide auquel je joue avec mon frère.

Ce qui est complètement faux.

Flavie éclate d'un rire forcé, et moi aussi. Résultat : nous rions toutes les deux comme si mon petit numéro de singeries était la plaisanterie du siècle.

— Oui, Nico et Alex s'adonnent parfois à ce jeu pendant des heures! ajoute Flavie.

— Vous êtes cinglées, toutes les deux.

Mais à la façon dont il le dit, il nous trouve amusantes, et non bonnes à enfermer, ce qui est un soulagement.

Bon, changement de stratégie! J'essaie désespérément de trouver une question à lui poser. Soudain, je m'entends lui demander :

— Alors, Benjamin, si tu pouvais avoir un superpouvoir, lequel choisirais-tu?

Il prend un instant pour y réfléchir, et j'en profite pour chercher tout de suite une autre question.

— Je crois que ce serait de lire dans les pensées, répond-il enfin. Ce doit être fantastique de savoir ce que les autres pensent. Et toi, que...

— Quel parfum de crème glacée préfères-tu?

Flavie roule les yeux et laisse échapper un soupir. Je lui décoche un regard comme pour dire : « Quoi? ». Après tout, je suis censée lui poser des questions, non?

— Euh, j'aime bien chocolat à la menthe, répond Benjamin.

Il plisse légèrement le front.

Parfait! J'obtiens des réponses! Tout va bien!

— Si tu pouvais emporter une chose avec toi sur une île déserte, qu'est-ce que ce serait?

— Est-ce que c'est un autre de tes jeux bizarres? demande Benjamin en riant.

Je hausse les épaules.

— Je suis curieuse, c'est tout.

— Benjamin! crie une voix.

Mon cœur se serre. Hannah se tient devant la porte qui donne sur le stationnement. Elle rejette ses longs cheveux blonds en arrière. Eh bien! Elle a même fait sécher ses cheveux après l'entraînement. Elle est irréprochable, celle-là. De mon côté, j'ai pris une douche et j'ai laissé les miens sécher à l'air... ce qui fait que j'arbore le style « chat mouillé ».

— J'arrive! crie Benjamin. À la prochaine, Nico. Salut, Flavie.

— À demain! dit Flavie.

Puis elle ajoute :

— Salut, Hannah!

Celle-ci fait comme si elle n'avait rien entendu, virevolte et sort dans le stationnement, Benjamin sur ses talons.

— Salut, dis-je en marmonnant.

Une fois que la porte s'est refermée derrière lui, je me tourne vers ma meilleure amie, qui a les bras croisés sur sa poitrine.

— Le voilà encore avec elle, dis-je inutilement. Qu'est-ce qui cloche chez moi?

— Nico! s'exclame Flavie d'un ton exaspéré. Qu'est-ce qui t'a pris de lui poser toutes ces questions idiotes?

— Je croyais que j'étais censée lui poser des questions!

— Peut-être, mais tu y es allée un peu fort avec tes

questions sorties d'on ne sait où, tu ne trouves pas? Tu aurais pu lui demander s'il s'était bien amusé à la barmitsva de David, ou comment allaient les préparatifs de la pièce.

— Oh… dis-je en grimaçant. J'imagine que ça *aurait* été plus logique. Je ne pense pas avoir eu beaucoup de succès avec le langage gestuel non plus.

Flavie s'étrangle de rire.

— Inutile de revenir là-dessus.

— Crois-tu que j'ai tout gâché?

Flavie prend une grande inspiration.

— Curieusement, je pense qu'il a trouvé ça plutôt amusant.

Je jette un regard vers le stationnement, qui grouille de voitures venues chercher les élèves qui font du sport, du théâtre ou des concours de mathématiques après les heures de classe. Benjamin et Hannah ont disparu.

— Il est encore parti avec elle.

— Puisque je te répète que ça ne veut rien dire, insiste Flavie. Tu lui plais, j'en suis sûre.

L'espoir renaît dans mon cœur. Je ne sais pas si c'est même possible… mais je veux y croire, en tout cas.

— Tu en es sûre?

Flavie pousse un petit rire et passe son bras sous le mien.

— Certaine.

MERCREDI

**Le premier rendez-vous :
ce qu'il faut faire et ne pas faire!**

À faire : Reste secrète! Si tu racontes tout sur toi au premier rendez-vous, tu n'auras plus rien à dire au deuxième. Essaie d'écouter plus que tu ne parles.

À ne pas faire : Lorgner d'autres gars que celui avec qui tu as rendez-vous! C'est carrément impoli et, crois-moi, il s'en apercevra!

— Regarde mon nouveau sac, dit Flavie, le lendemain matin.

Elle me montre un sac à main noir à pois jaunes, dont le fermoir est orné d'une toute petite boucle jaune.

— Très mignon, dis-je en fourrant mon manuel de maths dans mon casier avant de prendre mon cahier de géographie. Où l'as-tu acheté?

— J'ai convaincu ma mère de m'amener au centre commercial hier, après le souper. Il y avait des soldes chez Fleur de Fuchsia.

— Hé! as-tu trouvé la réponse à la question numéro cinq

du devoir de Mme Hébert? dis-je en fouillant dans ma reliure. J'ai cherché dans tout le chapitre, mais sans succès.

Notre enseignante de géographie a le chic pour nous poser des questions pièges. Parfois, les réponses se trouvent dans les illustrations ou dans les légendes qui les accompagnent, et non dans le texte. Habituellement, elle nous accorde des points supplémentaires si on répond à toutes les questions.

Flavie devient toute pâle.

— On avait un devoir de géo?

— Tu ne le savais pas?

Voilà qui ne lui ressemble pas du tout. Flavie note toujours ses devoirs dans un petit carnet orangé avec un cornichon sur la couverture.

— Oh non! se lamente-t-elle en sortant le petit carnet de son sac et en l'ouvrant. J'ai bien noté le devoir, mais je l'ai oublié par la suite. Ce n'est pas vrai! Je n'ai pas fait le devoir de maths non plus!

— Tu n'as qu'à faire celui de maths pendant l'heure du dîner. Je t'aiderai, il est facile.

— Mais pour celui de géo, il n'y a rien à faire.

Flavie soupire et s'adosse au casier à côté du mien.

— Il reste deux minutes et demie avant la sonnerie, dit-elle.

— Ce n'est pas grave, dis-je.

Et c'est la vérité, car Mme Hébert nous permet de laisser

tomber deux devoirs au cours du semestre, et je sais que Flavie les a tous faits jusqu'à maintenant.

— Je sais, mais c'est quand même bizarre de penser que j'ai noté les devoirs, puis que j'ai complètement oublié de les faire.

— J'imagine que, mentalement, tu étais déjà chez Fleur de Fuchsia.

Je la comprends parfaitement. Toute cette histoire de métamorphose occupe une grande place dans notre esprit.

— C'est possible, dit-elle.

À cet instant, quelqu'un tape sur mon épaule droite. Je tourne la tête, mais il n'y a personne.

— Je t'ai eue! s'écrie Jacob en surgissant à ma gauche.

Il me fait un clin d'œil, tout sourire.

— On se revoit tout à l'heure, hein, Nico? ajoute-t-il.

— Oh… oui!

J'essaie de paraître enthousiaste, mais je ne suis pas sûre que ça marche.

— Tu pourrais emmener Fanny, aussi! suggère Jacob en haussant les sourcils en direction de Flavie.

Et il s'éloigne en marchant d'un air important.

— Je m'appelle Flavie! s'écrie mon amie.

— C'est ça, Flaurie! lance Jacob par-dessus son épaule.

— Mais qu'est-ce qu'il raconte? demande Flavie, au moment où la première sonnerie se fait entendre.

Nous nous dirigeons vers notre classe, et je constate que Jacob s'est arrêté à son casier à l'autre bout du couloir.

Il a ouvert la porte et examine ses cheveux dans le miroir. Je n'en suis pas certaine, mais je crois le voir faire un clin d'œil à son reflet.

— Il m'a demandé d'assister à son épreuve de lutte. Ce que j'étais en train d'oublier complètement.

— Oh, tu en as de la chance! se moque Flavie en roulant les yeux.

— Tu vas m'accompagner, n'est-ce pas? C'est aujourd'hui, à 16 h 30.

— As-tu perdu la tête? demande Flavie en me fixant de ses yeux noisette. Je n'ai aucune envie de regarder une bande de gars en sueur se battre entre eux.

— S'il te plaît!

Je sais bien que, dans les magazines, on conseille d'accepter toutes les invitations; mais je ne me sens pas la force d'assister à une épreuve de lutte toute seule. Parfois, le soutien des autres est essentiel.

— Oublie ça, répond Flavie.

— Bon.

Je n'avais pas l'intention de sortir l'artillerie lourde, mais il semble que je n'ai pas le choix.

— Mais ne me demande plus de t'accompagner, la prochaine fois que tu voudras voir Anthony Grimard jouer dans une comédie musicale.

— C'était il y a deux ans!

— Et que dire de la fois où tu voulais que j'aille à un ballet avec toi parce que tu avais entendu dire que Gabriel Chalut serait là avec ses parents? Ou encore cette fois où nous nous sommes tapé trois manches de baseball, juste pour voir les débuts de Jérémie d'Anjou comme lanceur? Ai-je besoin de te rappeler qu'il a accordé huit buts sur balles consécutifs?

Flavie a l'air scandalisée.

— Je t'ai acheté des nachos durant le match!

— Ils étaient froids.

Flavie gémit.

— D'accord, d'accord, finit-elle par dire. Je te dois bien ça, tu as raison.

Soudain, elle fait une moue désapprobatrice et me pousse du coude. Je me retourne et voit Jacob saisir Sébastien Hertel et lui faire une prise de tête.

— Mais ensuite, nous serons quittes, précise Flavie.

Tout en retenant Sébastien, Jacob lève les yeux un instant pour nous faire un petit signe de la main.

— Ça va, je n'ai rien! crie Sébastien.

Ne sachant pas trop comment réagir, je le salue à mon tour.

— Jacob a vraiment l'air de chercher à t'impressionner, fait remarquer Flavie alors que nous entrons dans la classe de M. Moquin.

— Ouais.

— Peut-être que cette histoire de métamorphose fonctionne un peu trop bien, dit Flavie dans un soupir.

— Ce n'est pas *aussi* terrible que je l'imaginais, s'étonne Flavie, plus tard.

Nous sommes assises dans les gradins. Ça sent la sueur dans le gymnase, et on croirait que quelqu'un a monté le chauffage au maximum. J'ai terminé mon entraînement de basket, ici même, il y a 30 minutes, mais j'ai l'impression que la température a grimpé de 100 degrés depuis, sans parler de la puanteur qui s'est accentuée.

Sur une note plus agréable, le club des partisans vend des jus de fruits et des boissons gazeuses. Flavie et moi avons acheté une bouteille chacune, et nous regardons, amusées, les membres de l'équipe de lutte dans leur drôle de maillot rouge.

— Ce n'est pas aussi violent que je l'aurais cru, dis-je en sirotant ma Folie à la mangue. L'idée que je me fais de la lutte est basée sur ce que j'ai vu à la télévision : des géants vêtus de capes et de maillots en élasthanne qui se sautent dessus et se piétinent la tête. Ici, ce sont plutôt deux gars accroupis l'un devant l'autre qui tentent de faire sortir leur adversaire d'un cercle, ou de lui clouer les épaules au sol. Jacob me fait un petit signe de la main lorsqu'il s'avance sur le tapis. Ce n'est pas difficile de nous repérer dans la foule, Flavie et moi : il n'y a qu'une quinzaine de personnes dans les gradins. Je le salue aussi.

— Jacob parlait comme si les lutteurs allaient se frapper, dis-je.

— Eh bien, il exagérait, réplique Flavie, à l'instant même où Jacob bondit sur son adversaire et le cloue au tapis.

Un murmure se fait entendre parmi les quelques spectateurs, et Jacob lève les yeux. Il lève ensuite une main comme pour inciter la foule à manifester son enthousiasme, et c'est alors que son opposant, un gars plutôt petit mais bâti comme un bûcheron, en profite pour le repousser avec vigueur.

De nouveau, les deux lutteurs se mettent en garde. Cette fois, le bûcheron saisit Jacob et le soulève de terre. Je laisse échapper un :

— Oh!!!

Mais aussitôt, Jacob reprend pied et renverse le bûcheron par-dessus son épaule. Il saute sur lui, comme un chat bondissant sur une souris, et lui plaque les épaules au tapis. Le combat est terminé.

Les 15 autres spectateurs sont en délire lorsque Jacob se relève.

— C'est qui, le meilleur? hurle Jacob. C'est qui, hein?

L'un des coéquipiers de Jacob lui tape dans la main tandis qu'un autre lui donne une tape dans le dos. Pendant ce temps, le pauvre bûcheron se relève et se dirige vers le banc en boitant, et je ne peux m'empêcher d'éprouver de la sympathie pour lui. Puis Jacob me regarde d'un air interrogateur et me fait un clin d'œil.

— C'est qui, le meilleur? crie-t-il encore une fois.

— Veut-il réellement que tu répondes à cette question? demande Flavie.

— Il semble déjà connaître la réponse, dis-je entre mes dents, pendant que Jacob rejoint le banc de son équipe en se pavanant.

Flavie et moi devons assister à plusieurs autres combats avant que tout soit terminé. Dès qu'un lutteur de notre équipe renverse un adversaire ou le maintient au sol, Jacob hurle un « Ouais! » furieux en brandissant son poing dans les airs, comme si c'était lui qui venait de récolter des points. Tout ça est d'un ennui mortel, mais Flavie et moi nous amusons à acheter plusieurs autres jus et à les mélanger pour créer de nouvelles saveurs. Le mélange mangue, framboise et banane est génial, mais ça se gâte quand on y ajoute un peu de boisson gazeuse citronnée.

— Comment avez-vous trouvé le tournoi? demande Jacob en se dirigeant vers nous.

Ses cheveux blonds sont mouillés de sueur, et l'une des ses boucles est collée à son visage. C'est mignon et un peu dégoûtant à la fois.

— C'est fini? demande Flavie.

— J'ai bien aimé ça, dis-je.

Ce n'est pas tout à fait faux. C'était rigolo d'être assise là avec Flavie à compter combien de fois Jacob levait son poing dans les airs. Vingt-huit, au cas où ça vous intéresserait.

— On leur en a fait voir de toutes les couleurs. Je peux avoir une gorgée? demande Jacob en saisissant le verre que j'ai à la main, celui qui contient notre dernier mélange. Je meurs de soif.

— Euh… c'est que…

Trop tard, il a déjà tout bu.

— Beurk!

Il regarde le verre en grimaçant.

— C'est *dégoutant*. Alors, les filles, vous venez avec nous?

Il désigne les autres membres de l'équipe, occupés à se taper dans le dos tout en se dirigeant vers le vestiaire.

— Mathieu connaît un endroit où les ailes de poulet ne sont pas chères, et on va faire un concours pour voir qui peut en manger le plus.

Oh, c'est répugnant.

— On n'a pas très faim...

Je me tourne vers Flavie. Son regard noir m'indique qu'elle a bien voulu m'accompagner à la lutte, en retour de ce que j'avais fait pour elle, mais que les ailes de poulet ne faisaient pas partie du marché.

— Vous n'êtes pas obligées de manger, fait remarquer Jacob. Vous pouvez simplement nous regarder.

Eh bien! On peut dire que Jacob sait comment rendre encore moins intéressante une invitation qui ne l'était déjà pas beaucoup.

— Euh, en fait, il faut aussi que... euh... nous allions étudier.

Jacob croise les bras sur sa poitrine.

— C'est un truc de filles, c'est ça? Vous voulez vous faire désirer?

Bon sang! Ce gars-là ne comprend rien!

— Jacob, aussi incroyable que ça puisse te paraître, Flavie et moi ne pouvons vraiment pas y aller.

Je dois faire appel à toute ma volonté pour ne pas céder à l'envie de l'étrangler, mais je parviens à me maîtriser.

Jacob pince les lèvres.

— O.K., comme vous voulez. Jouez votre petit jeu, dit-il avec un haussement d'épaules. Vous ne savez pas ce que vous manquez.

Puis il tourne les talons et s'en va.

Je jette un coup d'œil à Flavie qui secoue la tête, tandis que Jacob ouvre la porte du vestiaire d'un geste brusque avant de disparaître à l'intérieur.

— J'ai l'impression qu'il n'a pas exactement ce qu'il faut pour devenir le garçon de tes rêves, déclare-t-elle.

— C'est le moins qu'on puisse dire.

N'empêche qu'une pointe de regret me transperce le cœur. Après tout, est-ce que je n'étais pas censée mettre à l'épreuve toutes mes nouvelles techniques de séduction? Et voilà que je viens de froisser Jacob et de le laisser partir...

— J'aurais peut-être dû y aller. Qu'en penses-tu?

— Bof, fait Flavie. On s'en moque. C'était seulement pour acquérir de l'expérience. De plus, tu sais qu'il n'était pas question que j'assiste à ce concours de mangeurs d'ailes de poulet. Ni pour de l'argent, ni même pour tout l'or du monde.

— Ouais...

— Ne te fais pas de souci, ajoute Flavie en me tapotant le dos. Tu dois garder tes forces pour celui qui t'intéresse vraiment.

— Plus que deux jours avant la fête chez Hannah. Il faut que je profite de toutes les occasions pour m'exercer.

TEST : Est-il le gars de tes rêves? Ou le pire de tes cauchemars?

Il pense que le cadeau parfait pour toi est :

A) un bijou.

B) une carte romantique et un ours en peluche.

C) des billets pour un spectacle de camions monstres.

D) une photo de lui, format portefeuille.

E) un souper pour deux... préparé par toi.

— Par ici! dis-je en gesticulant comme un contrôleur aérien affolé qui essaierait d'attirer l'attention d'un gros-porteur s'apprêtant à décoller.

À vrai dire, ce n'est pas si loin de la réalité. Car Hannah est en possession du ballon et ne semble pas avoir l'intention de le passer, même si deux joueuses de l'équipe adverse tentent de la bloquer.

— Je suis démarquée!

— Hannah! crie Anita en s'élançant dans le couloir de lancer franc, se débarrassant ainsi de l'armoire à glace de six mètres qui la surveillait.

Hannah fait comme si elle ne l'avait pas entendue, bien sûr. Elle nous ignore tous, prépare son tir et s'élance...

Bong! Manqué!

La foule hurle aux arrières de se grouiller tandis que La Rivière expédie le ballon à l'autre bout du terrain en quelques fractions de seconde. Une fille à la longue queue de cheval noire frisée s'avance et fait un tir en course, inscrivant deux points faciles. Charlotte récupère le ballon au rebond et le passe à la seule joueuse démarquée; c'est Hannah, malheureusement.

Pas encore! me dis-je tandis que nous courons vers le panier. Mais, aussi incroyable que ça puisse paraître, Hannah me passe le ballon, effectue son célèbre pivot et déjoue la joueuse de La Rivière. Aussitôt, l'armoire à glace délaisse Anita pour se précipiter vers moi.

En entendant quelqu'un crier mon prénom, je lève les yeux et regarde dans les gradins. C'est Flavie. Elle est assise avec Alex et... Benjamin.

— Oups!

Je fais un faux pas. L'armoire à glace en profite pour me prendre carrément le ballon des mains et s'enfuir à toute vitesse.

— Mais qu'est-ce que tu fais? crie Carla pendant que je m'élance en trébuchant derrière l'armoire à glace, qui fait un tir en suspension.

Dans le mille. Aïe!

Je reste plantée là, à regarder le filet qui oscille. Des pensées tourbillonnent dans mon esprit, comme la poussière et les débris soulevés par la tornade qui a emporté Dorothée loin du Kansas, dans Le magicien d'Oz : comment-sont-mes-cheveux-mon-maquillage-ne-tient-pas-je-n'ai-pas-l'air-féminine-en-ce-moment-zut-il-a-vu-ce-vol-de-ballon-je-ne-peux-pas-croire-qu'il-est-venu-au-match-même-s'il-avait-dit-qu'il-viendrait-je-porte-un-maillot-de-basket-mais-c'est-parce-que-je-fais-partie-de-l'équipe-est-ce-que-c'est-une-bonne-excuse? Je mets quelques instants à me rendre compte que le jeu a repris sans moi.

— Nico! hurle Carla.

Je me dirige vers le panier en titubant comme Frankenstein.

Le seul avantage à être restée clouée sur place comme une idiote est que personne ne me surveille. Carla lance le ballon dans ma direction, et je l'attrape.

— Je suis démarquée! annonce Hannah.

Cause toujours, dis-je intérieurement en me préparant à effectuer mon lancer. Je sens les yeux des spectateurs rivés sur moi tandis que je m'élance vers le panier.

Cluc!

Une des arrières de l'autre équipe, une blonde toute menue qui ressemble à la fée Clochette, a donné une tape sur le ballon. Celui-ci vole en tournoyant jusqu'à l'armoire à glace, qui se précipite à l'autre bout du terrain d'un pas lourd.

Biiiip!

La mi-temps est terminée.

Imbécile, me dis-je en marchant vers le banc. *Tu n'es qu'une pauvre imbécile.*

— Vous les aurez! s'écrie Flavie.

J'entends ensuite la voix d'Alex :

— Bien joué, Nico!

Mais je ne lève pas les yeux pour les regarder. J'en suis incapable. Je ne veux pas courir le risque de croiser le regard de Benjamin, moi qui suis tout en sueur et dégoûtante! Et dire qu'Hannah n'est même pas décoiffée...

— Ça se présente mal, fait remarquer Anita en jetant un coup d'œil au tableau indicateur.

Nous avons sept points de retard. Ce n'est pas un écart facile à combler, particulièrement contre une équipe aussi bonne que celle de La Rivière.

— Ici, tout le monde.

Sonia nous fait signe de nous rassembler.

— C'est notre dernier match de la saison. Oublions un peu notre ego.

Je baisse les yeux et fixe le plancher luisant. Malgré tout, je sens son regard posé sur moi. Je savais qu'il fallait que je passe le ballon à Hannah. Mais je ne l'ai pas fait, parce que Benjamin était dans les gradins et que je voulais qu'il me voie réussir un panier.

Non, c'est plutôt parce que j'ai été surprise en le voyant. Les gradins étaient déjà remplis lorsque nous sommes sorties du vestiaire. Le club des partisans semble avoir fait un excellent travail en réunissant une aussi grosse foule, à l'occasion de notre match le plus important. Et, même si j'ai jeté un coup d'œil rapide sur les spectateurs en entrant

133

dans le gymnase, je viens tout juste de repérer Flavie et Benjamin. Au fait, je n'ai pas vu Jacob non plus, même si je l'ai invité moi-même à venir au match. Non pas que ça me fasse quelque chose...

Il a probablement mangé trop d'ailes de poulet.

— Nous sommes ici pour gagner, poursuit notre entraîneuse, pas pour jouer les vedettes. Faisons preuve d'esprit d'équipe.

Un coude osseux s'enfonce dans mes côtes. En levant la tête, je vois les yeux bleus d'Hannah plonger dans les miens. Je sais très bien ce qu'elle pense : je ne lui ai pas passé le ballon. Je bouille de colère. En fait, je sens la vapeur qui monte...

— Il faut tirer parti de nos points forts, déclare Sonia. Cri de ralliement!

Tout le monde place une main au centre du cercle et crie :

— Les Lynx, à l'attaque!

Et sur ce, nous attaquons la seconde mi-temps.

Immédiatement, Anita suit le conseil de Sonia et s'élance dans la zone adverse. Soudain, elle s'arrête et fait une passe arrière à Carla, qui lance au panier. Celle-ci rate la cible de peu... mais Charlotte parvient à pousser le ballon dans le filet. C'est l'explosion de joie dans les gradins, et les applaudissements résonnent dans le gymnase.

L'armoire à glace s'empare du ballon au rebond, mais lorsqu'elle s'immobilise dans le couloir de lancer franc, je lève une main et saute. Le ballon ricoche sur ma main. Anita l'attrape, puis le passe à Hannah, qui lance à son tour. Deux autres points!

Tout à coup, l'écart n'est plus que de trois points, mais La Rivière n'a pas l'intention de laisser filer son avance. La fée Clochette court à toute allure à l'autre bout du terrain et effectue un remarquable tir en suspension, ce qui vaut trois points à son équipe. La foule, qui retenait son souffle, manifeste son mécontentement.

Nous courons d'un bout à l'autre du terrain. La sueur coule dans mes yeux et m'aveugle, mais je m'efforce de rester concentrée sur le jeu. *Ne pense pas à Benjamin.* Bien entendu, j'imagine aussitôt ses yeux brun chocolat épiant mes moindres gestes.

Malgré tout, je réussis à faire quelques petites passes habiles, ainsi que deux tirs en course et un en suspension. Je marque même deux autres points grâce à des lancers francs. De son côté, Hannah est *déchaînée*. Elle lance au panier dès qu'elle en a la chance, et marque à plusieurs reprises.

Carla semble avoir comme principale stratégie de forcer nos adversaires à faire des fautes à la moindre occasion. Elle excelle dans les lancers francs. Sans relâche, Anita récupère le ballon au rebond comme si elle jouait dans la NBA. Charlotte est partout sur le terrain, interceptant, pivotant, bloquant. Et lorsque Carla se blesse à la cheville en effectuant un lancer franc, Laurie arrive et exécute quelques paniers à trois points. Il y a longtemps que nous n'avons pas aussi bien joué.

Mais si notre équipe se compare à une machine bien rodée, celle de La Rivière a tout d'un moteur haute performance. Les filles exercent beaucoup de pression sur nous, répliquant dès que nous marquons des points. *Si je n'étais pas sur le terrain, en train de jouer*, me dis-je en courant derrière la fille à la queue de cheval, *je parie que j'apprécierais beaucoup ce match*. Mais pour l'instant, j'ai l'impression d'avoir couru le marathon de Montréal… en passant par Québec. Quand il ne reste plus que 10 secondes de jeu, je suis épuisée.

— Temps d'arrêt! crie soudain Sonia.

J'ai les genoux qui tremblotent tandis que je marche vers elle. Sa planchette à pince à la main, Sonia observe nos visages. Je regarde mes coéquipières : elles ont toutes l'air aussi fatiguées que moi.

— Nous pouvons gagner ce match, déclare Sonia en prononçant chaque mot lentement pour que le message fasse son effet. Mais il faut le vouloir. Nous tirons de l'arrière par deux points avec sept secondes au tableau. Une des équipes marquera au moins deux autres points : ce sera nous, ou elles.

— Ce sera nous, dis-je d'un ton ferme.

Je ne sais même pas comment j'ai pu avoir assez de souffle pour dire ça, mais je l'ai fait.

Les yeux noirs de Sonia s'attardent dans les miens pendant un instant, puis elle regarde le reste de l'équipe.

— Eh bien? demande-t-elle. Est-ce que ce sera vraiment nous?

— Oui! répondent les filles en chœur.

— Parfait, dit l'entraîneuse. Voilà comment nous allons nous y prendre.

Elle nous explique le jeu. Lorsque le temps d'arrêt prendra fin, nous serons en possession du ballon. Anita dribblera le long de la ligne et le lancera à Laurie, qui me le passera.

— Laissez Nico foncer vers le panier, ajoute Sonia. Elle est efficace pour libérer la voie. Quand nous serons à égalité, il faudra tenir bon en interceptant ou en bloquant le ballon jusqu'en prolongation. Cri de ralliement!

— Les Lynx, à l'attaque!

Je me sens plus légère lorsque je retourne sur le terrain en trottinant. *Voilà ma chance. Il faut que je sois à la hauteur.* Je m'imagine en train de réussir le panier. Je visualise la prolongation.

— On peut encore gagner, dis-je tout bas.

Anita a entendu mon commentaire.

— Tu peux en être sûre, renchérit-elle avec un grand sourire.

Au coup de sifflet, Anita prend le ballon et court à toutes jambes le long de la ligne. L'armoire à glace tente d'intercepter le ballon, mais Anita est trop forte. Elle fait une passe aveugle mais précise à Laurie, qui s'avance vers le panier et fait bondir le ballon dans ma direction.

Mais l'armoire à glace s'est désintéressée d'Anita et ne

me lâche pas d'un centimètre. Je lui tourne le dos et m'approche du panier tandis que les secondes s'écoulent. J'ai utilisé cette tactique un millier de fois avec Alex, mais l'armoire à glace est plus grande. *Elle va bloquer mon tir. Je ne peux pas lancer au-dessus d'elle.*

Quatre secondes. Trois secondes.

— Nico! crie Hannah.

Elle se tient juste à l'extérieur du demi-cercle, marquée par la fée Clochette. Cette dernière est rapide, mais petite. Hannah peut y arriver. *C'est risqué, mais elle a un meilleur tir que moi.*

Une pensée me traverse l'esprit à la vitesse de l'éclair : *C'est elle qui récoltera les honneurs.*

Puis une autre : *Il faut tirer parti de nos points forts.*

Et une autre encore : *Si les rôles étaient inversés, jamais elle ne te passerait le ballon.*

Deux secondes.

Une dernière pensée : *Je ne suis pas Hannah.*

Je lui passe le ballon.

C'est comme si tout se déroulait soudain au ralenti et en gros plan : je vois Hannah planter ses orteils juste à l'extérieur de la ligne, prendre de l'élan, s'envoler dans les airs et lancer le ballon...

Un tir direct!

En plein dans le filet!

Trois points s'ajoutent au tableau indicateur, au moment où la sonnerie se fait entendre. Nous avons gagné le match!

Les spectateurs sont fous de joie et envahissent le terrain pour nous étreindre et nous féliciter.

— Hannah! crie Anita en la soulevant et la faisant tournoyer.

Normalement, je crois qu'Hannah n'aurait pas beaucoup apprécié un tel geste, mais elle est trop occupée à crier et à rire pour protester.

— On a réussi! s'exclame Carla en passant un bras autour de mon épaule.

Puis elle s'éloigne et se dirige vers l'héroïne blonde du match.

— Bravo, Hannah!

Celle-ci sourit lorsque Laurie l'enlace; puis Carla se joint à elles, de même que Charlotte et presque toute l'équipe.

— On a réussi! s'écrie Anita en me serrant contre elle.

Elle m'entraîne vers le groupe, et nous sautons de joie toutes ensemble, jusqu'à ce que j'aie l'impression d'être sur un trampoline ou dans l'un de ces manèges gonflables que l'on trouve dans les foires. Nous rions et crions comme des folles.

— Hé!

Je sens une main se poser sur mon épaule; je me retourne et aperçois Alex derrière moi.

— C'était formidable! dit-il chaleureusement en m'accordant l'une de ses rares étreintes.

Alex a mis au point une technique unique, mi-étreinte, mi-tape dans le dos, qu'il exécute avec un seul bras.

— Ah oui? dis-je en souriant.

Je me sens rougir en apercevant Flavie et Benjamin juste derrière lui.

— Vous avez réussi! lance Flavie d'un ton triomphant. Vous avez vaincu l'équipe invincible!

— Hannah nous a sauvées avec ce tir.

— Belle passe décisive! déclare Benjamin avec enthousiasme.

Il a vu ma passe? Je ne peux pas croire qu'il a remarqué ça!

— Merci, dis-je, hors d'haleine.

— C'est bien vrai, après tout, que tu es adroite, ajoute Benjamin.

Il porte un maillot de sport à rayures rouges et bleues et un jean ample qui dégagent une odeur d'assouplissant, légère et familière.

— C'était tellement excitant! s'exclame Flavie. Je n'aime pas beaucoup les sports, mais c'était probablement le match le plus passionnant que j'aie jamais vu! Je n'arrêtais pas de bondir sur mon siège

— Ça, c'est vrai, renchérit Alex.

Je repousse mes cheveux de mon visage et constate qu'ils sont collants de sueur.

Aussitôt, j'imagine à quel point je dois paraître moite et dégoûtante. Une limace, quoi.

Merveilleux...

Mais mon apparence ne semble pas ennuyer Benjamin. Il affiche toujours le même sourire, ce sourire « à la

Benjamin » qui me donne l'impression que c'est moi qui ai marqué le panier gagnant.

— Hé! la fête a commencé? s'écrie une voix.

Et l'instant d'après, Jacob se fraie un chemin à travers la foule et apparaît à côté de moi.

— On dirait que vous avez gagné. Bon sang! On n'a jamais autant de spectateurs à nos épreuves de lutte! Qu'est-ce qu'il y a de si intéressant dans le basket, hein?

Il secoue la tête.

— Désolé d'être en retard, mais Mathieu m'a parié 10 dollars que je ne pouvais pas lui faire une ceinture arrière. J'ai dû lui prouver qu'il se trompait.

Il présente un billet de 10 dollars et le tend.

— Hé, Nico! m'interpelle Flavie en ne prêtant pas la moindre attention à Jacob. Tu vas prendre une douche pour qu'on puisse aller au bar laitier ensuite? Benjamin... tu viens?

Ce dernier plonge ses mains dans ses grandes poches.

— Oui, ma mère a dit que je pouvais.

— Moi aussi, j'y vais, dit Alex. J'ai dit à maman de venir nous chercher là-bas.

— Navré, tout le monde, mais Nico et moi, on va voir *La revanche du ninja,* annonce Jacob.

— Quoi? s'écrie Flavie. Je croyais qu'on avait des projets!

Le visage de Benjamin s'allonge, et je suis sur le point de dire : *Non, non, c'est un malentendu!* lorsque Hannah surgit dans la foule et passe son bras sous celui de Benjamin.

— Eh, te voilà! dit-elle. Viens, on va manger de la pizza!

— Ah oui? fait Benjamin.

— Quoi? Tu n'aimes plus la pizza? demande Hannah en le fixant de ses yeux bleus et en battant des cils. On prendra la blanche, celle que tu aimes tant.

J'ai le souffle coupé, et ma poitrine s'affaisse comme une voile dégonflée.

Benjamin hésite, et ses yeux brun chocolat se posent brièvement sur moi.

— Eh bien, je...

— Comme ça, il n'y aura pas de crème glacée, dit Jacob en passant un bras autour de mon épaule.

Mais le temps que je me libère, Benjamin a reporté son regard sur Hannah.

— D'accord, finit-il par répondre.

— Super! À la prochaine, Nico! lance Hannah en entraînant Benjamin.

Ce dernier tend le cou pour jeter un dernier regard vers moi, et je crie :

— Attends!

Mais ma voix se perd dans le gymnase bruyant. L'instant d'après, Hannah et Benjamin ont disparu dans la foule.

— Qu'est-ce qui s'est passé? s'écrie Flavie, dont les yeux noisette sont exorbités. Nico!

— On ne va pas au bar laitier? demande Alex.

— Viens, me dit Jacob. Je veux avoir de bonnes places.

— Eh bien, vas-y, *toi*! lui dis-je sèchement.

Jacob laisse échapper un petit rire.

— Quoi?

— Tu ne peux pas arriver comme ça et annoncer qu'on va au cinéma! dis-je en criant et en enfonçant mon doigt dans sa poitrine. Surtout pas *La revanche du ninja!* Qu'est-ce qui te fait croire que tout le monde meurt d'envie de t'accompagner partout où tu veux aller?

— La plupart des filles veulent m'accompagner partout où je veux aller, riposte Jacob. Ça ne m'est jamais arrivé de voir une fille réagir comme ça!

— Eh bien, tu ferais mieux de t'y habituer. Parce que c'est ce qui est en train de t'arriver.

Je sens des larmes chaudes me piquer les yeux tandis que je me dirige vers le vestiaire en toute hâte. J'espère seulement y arriver avant que le déluge commence. Je suis encore plus furieuse que triste. Furieuse d'avoir raté une occasion de sortir avec Benjamin; furieuse de m'être tellement « exercée » avec Jacob qu'il a fini par gâcher ma chance de sortir avec le gars qui me plaît vraiment; furieuse d'avoir fait tant d'efforts pour devenir plus féminine, et que ça n'ait servi à rien. Benjamin est parti avec Hannah. Hannah, qui sait déjà quelle sorte de pizza il préfère. Et comble de romantisme, ils partagent probablement le même morceau de pizza, buvant dans le même verre avec deux pailles. À cette pensée, je sens une larme qui déborde de ma paupière inférieure. Je l'essuie dans un geste rageur tandis qu'elle roule sur mon visage, se mêlant à la sueur.

JOUR 9

VENDREDi

De copain à petit ami : transforme
un copain en prince charmant en quelques jours!
La prochaine fois qu'il suggérera une sortie en
groupe, propose-lui une activité que vous pourriez
faire à deux. Choisis quelque chose d'amusant
afin qu'il puisse réaliser à quel point vous vous
entendez bien! Allez au parc d'attractions, partez
en randonnée ou faites voler un cerf-volant au
parc. Donne-lui l'occasion de découvrir à quel
point tu es drôle et fabuleuse, et il te verra sous
un nouveau jour!

Je regarde les vêtements posés sur mon lit : une jupe
beige, un t-shirt à plis, un blouson en velours côtelé rouge
et des ballerines. Je les ai choisis hier soir. *Jolie tenue. Je
connais quelqu'un à qui elle irait très bien.*

Je sais une chose, cependant : cette personne, ce n'est
pas moi. Pas aujourd'hui.

Je n'ai tout simplement pas la force.

Flavie a vraiment tout essayé pour me remonter le moral

après que Benjamin est parti avec Hannah hier, mais ça n'a pas fonctionné. J'ai perdu. C'est évident.

Et ces vêtements... Ils sont seulement la preuve que, peu importe les efforts que je fais, Hannah sera toujours la vraie fille, et moi, l'imposteur.

On oublie ça. Je n'ai plus l'énergie pour continuer, me dis-je en ouvrant ma garde-robe d'un coup sec et en saisissant mon jean préféré. Souple et usé, il a une étoile tracée à l'encre bleue au genou, et un petit trou sur le revers. Aaaah! J'éprouve une sensation familière de confort en l'enfilant, comme s'il s'agissait d'une seconde peau. Je sais que Flavie voudrait que je le porte avec des souliers dernier cri et peut-être un haut ceinturé. J'opte plutôt pour un chandail de hockey et une paire de chaussures de sport vertes.

Je passe une main dans mes cheveux et me souris dans le miroir. Je connais cette fille. *Hé, Nico! Où étais-tu passée?*

Juste là, répond mon reflet.

C'est en sifflant que je descends dans la cuisine, où ma mère est penchée sur son journal, tandis que mon père semble avoir un problème avec sa gaufre. Attablé devant un bol de céréales multicolores, Alex lève les yeux :

— Bel ensemble, dit-il.

— Merci.

Je me glisse sur ma chaise et prends le contenant de musli. Je ne sais pas comment Alex fait pour manger ces céréales bonbons. Moi, je m'endors au deuxième cours quand j'en mange.

Alex incline sa chaise vers l'arrière et s'empare de la boîte de céréales orangée, faisant mine de chercher les personnages cachés au dos.

— J'aime bien ton chandail, dit-il au bout d'un moment.

— Mais qu'est-ce qu'il a encore, celui-là? s'écrie mon père en tripotant le grille-pain. Je pense qu'il est brisé.

— C'est toi qui me l'as donné, dis-je à Alex.

Comme s'il ne le savait pas. Comme si nous n'économisions pas, chaque année avant Noël, pour nous offrir mutuellement un chandail aux couleurs d'une équipe de hockey.

— Je sais. Je n'étais plus certain que tu le voulais encore. Je songeais à te demander de me le rendre.

Je ricane.

— Tu peux toujours rêver.

— Alors, reprend-il lentement, est-ce que ça veut dire que Flavie et toi, vous laissez tomber le maquillage et tout le tralala?

Ma mère lève les yeux au même moment.

— Alex, mange, dit-elle. Martin, si tu continues à secouer le grille-pain comme ça, tu vas vraiment le briser.

— Ma gaufre ne grille pas, insiste mon père.

Poussant un long soupir, ma mère se lève pour aller l'aider. C'est leur routine habituelle au déjeuner. Mon père peut préparer un excellent repas, mais le grille-pain, c'est sa bête noire.

146

— Je commence à en avoir assez de me faire belle tous les jours, dis-je à mon frère. Je ne suis plus tout à fait certaine que ça en vaille la peine.

— Tant mieux, marmonne Alex en plongeant sa cuillère dans ses céréales aux couleurs de l'arc-en-ciel.

J'entends les céréales craquer sous ses dents. Je demande, intriguée :

— Tu es sérieux?

Alex fait une moue et roule les yeux.

— Tout à fait. Écoute, vous aviez l'air de vous prendre pour des mannequins, toutes les deux.

Je rigole, et ma main tremble un peu lorsque je verse du lait sur mon musli.

— Donc, on n'était pas si mal, dis-je.

— Pas si *mal*, peut-être, explique Alex, mais ce n'était tout simplement pas *vous*. Surtout Flavie. Elle a toujours eu un style bien à elle. Et ses cheveux... ils sont magnifiques.

— Magnifiques?

Depuis quand Alex s'intéresse-t-il aux cheveux de Flavie?

— Oui... Elle les raidit depuis quelques jours, mais ils étaient frisés avant. Et elle se faisait toutes sortes de coiffures originales. Comme la fois où elle a tressé une petite mèche de chaque côté de son visage en laissant ses cheveux libres. Elle ressemblait à... une sirène ou quelque chose de ce genre...

Mon frère me surprend en train de le dévisager, et ses oreilles deviennent toutes rouges.

— Quoi? C'est vrai! Puis vous avez commencé à porter ces tenues ennuyantes et à ressembler à toutes les autres filles.

Mes dents s'entrechoquent lorsque je m'oblige à fermer la bouche. *Oh là là! Mais qu'est-ce que c'était que ce petit monologue?* me dis-je en prenant une cuillerée de musli. On dirait presque qu'Alex est amoureux de Flavie.

Ça alors! Alex et moi connaissons Flavie depuis très longtemps. L'idée ne m'a jamais effleurée qu'il puisse s'intéresser à elle de *cette* façon.

— Et toi, tu as laissé tomber ton côté garçon manqué, poursuit-il.

— Alex, je trouve que Nico est jolie, peu importe sa tenue vestimentaire, intervient ma mère. Tiens, chéri, ajoute-t-elle lorsque le grille-pain éjecte la gaufre.

Elle la dépose sur l'assiette de mon père.

— Oui, mais c'est sa *personnalité*, insiste Alex en désignant mon chandail.

Ma mère ne dit rien.

— Tout comme les coiffures originales de Flavie, ajoute mon frère.

Encore Flavie. Intéressant.

— Les enfants, il vous reste deux minutes, nous prévient mon père. Vous feriez mieux d'aller chercher vos affaires. Je vais manger ma gaufre en chemin.

J'abandonne la petite mare de lait qu'il reste au fond de

mon bol et me dirige vers l'escalier pour aller chercher mon sac à dos. J'ai encore la tête qui tourne après ma conversation avec Alex. Je ne sais pas trop quoi penser du fait que mon frère est peut-être amoureux de mon amie. Je me demande ce que Flavie dirait de tout ça. Elle ne le perçoit pas de cette manière. Je suis certaine qu'elle me l'aurait dit si c'était le cas. Pauvre Alex!

Il semble qu'on n'ait pas beaucoup de chance en amour, mon frère et moi.

— Je crois que tu devrais essayer un fard à paupières un peu plus prononcé demain soir, suggère Flavie pendant que je sirote mon lait frappé à la framboise et à la banane. C'est une fête, et ce sera le soir; alors tu peux ajouter de la couleur. Et un soupçon de crayon sur tes paupières supérieures. As-tu la feuille que Charlie t'a donnée?

— Pas sur moi.

Je ne lui dis pas que je l'ai jetée à la poubelle, ce matin.

— Pas de problème, je me souviens de ce qu'elle a dit à propos des couleurs qui te vont bien.

Flavie esquisse un visage dans son carnet et commence à griffonner dans les marges.

Mon cœur se serre. Ce matin, j'espérais que Flavie remarquerait mon chandail de hockey et qu'elle comprendrait que c'était terminé pour moi. Mais quand elle m'a rejointe devant mon casier, elle s'est plutôt exclamée :

— Nico, tu es géniale!

— Quoi? ai-je dit, surprise de ne pas l'entendre désapprouver le choix de mes vêtements.

— Quelle bonne idée de porter cette tenue affreuse la veille de la fête! Tu seras encore plus belle demain soir, par comparaison avec aujourd'hui. Comme Cendrillon!

Elle était tellement excitée que son teint pâle a rosi. Je n'ai pas eu le courage de lui dire la vérité. Je vais procéder graduellement. Et voilà que nous sommes assises au bar laitier, notre endroit préféré où nous retrouver après l'école, et qu'elle est en train de planifier ma tenue et mon maquillage pour la fête chez Hannah, alors que je réfléchis toujours à la façon de lui annoncer la nouvelle. Graduellement.

— Je crois que tu devrais porter la jupe noire que tu avais à la bar-mitsva de David, continue Flavie en le notant dans son carnet.

J'hésite.

— Je ne suis pas sûre...

— Tu préférerais la robe verte?

— Je ne...

— Nico, dit Flavie lentement en prenant une grande inspiration, je sais ce qui te préoccupe. Et je comprends parfaitement.

— C'est vrai?

Vive les meilleures amies! C'est formidable de ne pas avoir à tout expliquer tout le temps...

Flavie pointe son stylo violet brillant sur moi.

— Tu te dis que tu ne veux pas avoir l'air de trop en

faire. Mais crois-moi, Nico, tu es superbe dans cette jupe, et il y aura plein de gens qui seront habillés plus chic que d'ordinaire. Alors ne t'en fais pas.

Je réprime un grognement et prends une gorgée de mon lait frappé.

— Hum....

— Demain soir, c'est le moment ou jamais, gazouille Flavie. Dix jours plus tard, et tu es prête à en mettre plein la vue à Benjamin!

— Flavie, dis-je en écartant mes doigts sur la table en plastique rouge vif, j'ai quelque chose à te dire. Je ne veux pas aller à cette fête.

J'ai envie de rentrer sous terre dès que j'ai prononcé ces paroles. C'est plus fort que moi; Flavie donne l'impression d'avoir reçu une gifle en plein visage.

— Quoi? souffle-t-elle.

— C'est fini, d'accord? Admets-le. Benjamin est parti avec Hannah après le match. Il ne veut pas me parler.

Elle secoue la tête.

— Je ne pense pas qu'il...

— De plus, j'ai en assez de ce manège. Ça me prend une demi-heure pour choisir ce que je vais porter, et une autre demi-heure pour me maquiller. Cette métamorphose prend trop de place dans ma vie! Et ce n'est pas assez important pour que je consacre autant de temps à mon apparence.

— Mais tu t'améliores constamment, proteste Flavie. Et moi aussi, n'est-ce pas?

— Mais à quoi ça sert? À attirer les imbéciles comme Jacob?

Flavie s'adosse à sa chaise et tend la main vers son lait frappé aux bleuets. Elle est très jolie aujourd'hui. Elle a noué ses longs cheveux roux en une queue basse sur sa nuque, et elle porte un t-shirt vert pâle et une jupe beige.

Je remarque qu'une fille assise à la table derrière elle a un t-shirt identique.

Tout à coup, j'ai l'impression de comprendre exactement ce que mon frère a voulu dire à propos de Flavie : avant, grâce à son style unique et à ses coiffures extravagantes, tout le monde avait envie d'aller parler avec elle. Maintenant, elle ressemble plutôt à quelqu'un qui fait de la figuration dans une émission de télévision pour ados.

Flavie pose son verre.

— Je comprends ce que tu veux dire, admet-elle.

— C'est vrai?

— C'est une corvée.

Flavie croise les bras et s'appuie contre la table rouge.

— C'était amusant au début, mais maintenant…

— … c'est devenu pénible, dis-je à sa place.

— Oui.

— Je m'ennuie de tes tenues colorées. Alex aussi. Il m'a raconté ce matin qu'il trouvait que tes cheveux frisés étaient magnifiques.

— Il a dit ça?

Flavie hausse les sourcils, et ses joues se teintent encore plus de rose.

152

— Je n'aurais peut-être pas dû t'en parler, mais c'est ce qu'il a dit. Il y a donc des personnes sur cette terre qui nous aiment comme nous sommes. Même si ce n'est qu'Alex, dis-je en roulant les yeux.

Mais Flavie rayonne.

— Il a vraiment dit ça? Qu'il aimait mes cheveux?

— Il a dit que tu ressemblais à une sirène quand tu les laissais libres.

Je trace un X imaginaire sur mon cœur pour qu'elle sache que je ne mens pas.

— En tout cas… Je ne veux pas m'habiller chic, et je n'ai aucune envie d'aller à la fête chez Hannah et de la regarder se coller à Benjamin toute la soirée.

— Je ne peux pas croire qu'il aime mes cheveux, s'émerveille Flavie en touchant sa queue de cheval.

Puis ses yeux noisette se fixent de nouveau sur moi.

— Écoute, je pense vraiment, vraiment, vraiment que tu devrais aller à cette fête.

— Quoi? Mais pourquoi?

— Parce que je crois que tu te trompes au sujet de Benjamin!

— Flavie, dis-je avec autant de patience que possible, il vient toujours chercher Hannah après l'entraînement. Ils sont toujours ensemble. Ils forment presque un couple!

— Presque, ça ne veut pas dire réellement. D'ailleurs, je ne suis pas du tout convaincue. J'ai vu comment il la regardait, et comment il te regardait, toi.

Je fais non de la tête.

— C'est juste que tu es nerveuse, mais tu n'as aucune raison de l'être! insiste Flavie. De plus, est-ce que toutes les filles de l'équipe de basket ne seront pas là aussi? Tu devrais y aller rien que pour célébrer votre belle victoire!

— Je ne sais pas...

— Nico...

Flavie prend ma main et la serre dans la sienne. C'est curieux : je mesure cinq centimètres de plus qu'elle, mais nos mains sont exactement de la même grandeur.

— Je t'en prie, va à cette fête, me supplie-t-elle. Vas-y et parle à Benjamin, d'accord? Vas-y et amuse-toi.

— Pourquoi?

Je ne dis pas non, mais j'aimerais vraiment savoir pourquoi elle insiste autant.

— Parce que tu mérites d'avoir du plaisir.

— Bon, d'accord, dis-je enfin. Je vais y aller.

Le visage de Flavie s'éclaire.

— Super!

— Mais attends... Je ne vais pas m'habiller chic.

— Mais tu *parleras* à Benjamin.

— Je le ferai.

— Parfait!

De nouveau, elle s'appuie contre le dossier de sa chaise et remue son lait frappé avec sa paille.

— Mais je veux quand même savoir ce que tu vas porter.

Je réfléchis pendant un moment. À vrai dire, c'est une

bonne question. L'image d'Hannah au centre commercial surgit dans mon esprit.

— Peut-être mes chaussures à crampons, dis-je avec un sourire malicieux. Rien que pour rendre Hannah furieuse.

Le visage de Flavie s'illumine.

— J'ai toujours dit que tu étais géniale.

SAMEDi

Test : Qui compte le plus pour toi?
Ton petit ami ou ta meilleure amie?

C'est samedi, et ce séduisant garçon que tu as remarqué t'invite au cinéma. Mais tu as déjà des projets avec ta meilleure amie…

Tu réponds :

A) « Viens me chercher à 8 heures ce soir! »

B) « Tu veux venir patiner avec ma meilleure copine et moi? Tu pourrais amener un ami! »

C) « Mais voyons, je suis prise! »

D) « J'envoie un message texte à ma meilleure amie et je te rappelle. »

Je ne peux pas, me dis-je, debout devant la porte de chez Hannah. *Je ne peux pas entrer là-dedans. C'est insensé!*

Voilà la liste de mes raisons :

1. Je n'aime même pas Hannah.

2. Je ne pourrai pas supporter de voir Benjamin avec elle.

3. La maison d'Hannah est splendide, vaste et luxueuse, et je porte un vieux t-shirt uni et ridicule.

4. De toute façon, Hannah n'a jamais vraiment voulu m'inviter.

5. Toute cette histoire de métamorphose est un désastre!

À l'instant où je me dis que j'ai assez de raisons pour m'éloigner furtivement du heurtoir en laiton en forme de tête de lion, à cet instant précis, quelqu'un passe son bras autour de moi et appuie sur la sonnette.

— Nico! fait Carla en m'adressant son grand sourire si caractéristique. Tu es venue!

— Oui, dis-je, au moment où la porte s'ouvre.

Charlotte se tient là, riant en compagnie d'un très beau gars aux cheveux frisés et indisciplinés. De la musique rythmée me parvient de l'intérieur.

— Salut, Stéphane! lance Carla. Salut, Charlotte! J'adore ta jupe! Tu es ravissante!

Charlotte sourit et repousse ses cheveux noirs brillants derrière son oreille d'un air intimidé. Elle est jolie dans sa minijupe en jean et son superbe t-shirt rose orné de paillettes.

— Vous êtes très belles, vous aussi, dit-elle.

De toute évidence, il s'agit d'un mensonge, dans mon cas. En revanche, c'est vrai dans celui de Carla. Elle porte la robe rouge à motifs de caniches noirs que Flavie et moi avons vue chez Fleur de Fuchsia, ce qui fait ressortir ses boucles d'ébène et ses yeux noirs étincelants.

— Merci! Où sont les grignotines? demande Carla en me

poussant doucement dans l'entrée très éclairée. On meurt de faim, Nico et moi!

En fait, j'allais partir. Mais je garde cette réflexion pour moi, car Charlotte ferme la porte derrière nous et dit :

— Tout le monde est dans la cuisine et dans le salon.

— Il y a de la bouffe partout, ajoute Stéphane. Le père d'Hannah est chef cuisinier, alors...

— Je veux goûter à sa trempette aux olives, dit Carla tandis que nous traversons le couloir peint en rouge et décoré de photos en noir et blanc.

Je me contente de les suivre en pensant : *Il est trop tard maintenant. Il n'y a aucune issue. Aucune.*

— Je vais reprendre des bouchées au crabe, annonce Stéphane.

L'instant d'après, nous entrons dans une immense cuisine bourdonnante d'activités : des filles de l'équipe de basket et de notre classe sont là. Entourée de sa cour, Hannah se tient devant un îlot en inox au centre de la pièce. À ma grande surprise, elle m'adresse un petit signe en me voyant.

— Hé, Nico! dit Anita qui se trouve un peu plus loin près de l'évier. Par ici!

Même Anita, qui porte toujours des vêtements sport, a mis un haut argenté avec son jean foncé.

— Tu veux de la trempette? demande-t-elle en me présentant un bol bleu et blanc. C'est le père d'Hannah qui l'a préparée.

— Où est-il? dis-je pour faire la conversation.

— Je pense qu'il se cache en haut, répond Anita. Il descend de temps à autre pour voir ce qu'on fait, mais je crois qu'il nous trouve un peu trop nombreux.

Je prends une croustille dans le sac posé sur le comptoir et la plonge dans la trempette crémeuse. *Miammm! Délicieux!* J'en prends une seconde, mais juste au moment où je croque dedans, Hannah surgit à côté de moi :

— Hé!

Naturellement, la trempette dégouline directement sur mon t-shirt. Anita félicite Hannah avec chaleur :

— La fête est réussie. Et la nourriture est sublime!

— Mon père est extraordinaire, approuve Hannah en passant une main dans ses longs cheveux blonds.

Elle est vêtue d'une magnifique robe imprimée bleue qui met vraiment en valeur la couleur de ses yeux. J'aime aussi le fard à paupières bleu métallique qu'elle a choisi.

Pour Hannah, c'est naturel d'être féminine; ce n'est pas qu'un costume. C'est elle. *Pas étonnant que Benjamin recherche toujours sa compagnie.*

— Salut, Hannah, dis-je en essuyant mon t-shirt avec une serviette de table rouge.

Ce qui n'arrange pas du tout les choses, en passant.

— Nico, je voulais te dire merci.

Hannah croise les bras sur sa poitrine.

— Merci? dis-je.

Pour être venue? Je ne comprends pas.

— Pour la *passe*, explique Hannah comme si j'étais

stupide. Nous étions marquées toutes les deux. Tu aurais pu tenter un tir, toi aussi.

Je hausse les épaules.

— Tu avais de plus grandes chances que moi de réussir. L'arrière qui te surveillait était plus petite.

— Oui.

Hannah se pince la lèvre, comme si elle réfléchissait à ce que je viens de dire.

— En tout cas, c'était un beau jeu, ajoute-t-elle avant de s'éloigner.

— Ça alors! s'étonne Anita. Je crois que c'est la première fois qu'elle remercie quelqu'un de lui avoir fait une passe.

— Oui, c'est très étrange.

Je dois admettre que ça rend Hannah un tantinet plus sympathique. C'est réconfortant de savoir qu'elle est humaine, après tout.

— Oh! qu'ils sont mignons, mignons, mignons! s'écrie Carla en se joignant à nous.

Elle grignote une bouchée au crabe, la dépose dans son assiette déjà remplie de grignotines et promène son regard autour d'elle.

— Il y a des beaux gars partout! Oh! voilà Raphaël Courtemanche. Ses oreilles sont adorables!

— Tu es cinglée, Carla, commente Anita en secouant la tête devant l'enthousiasme de son amie.

— Regardez Charlotte, reprend Carla. Elle nous parle de Stéphane depuis des mois, et les voilà ensemble en train de siroter leur boisson gazeuse dans un coin! Oh! et voilà le frère d'Hannah! Il est tellement chou!

Elle engouffre le reste de sa bouchée au crabe.

— Hannah a un frère? dis-je en suivant son regard...

... jusqu'à Benjamin.

Soudain, j'ai la bouche toute sèche.

— Benjamin Royer est le frère d'Hannah? demande Anita d'un ton sceptique. Ils n'ont pas le même nom de famille.

— Il n'est pas encore son frère, reconnaît Carla en croquant dans un croûton de pain tartiné de fromage. Meu il le fra bienfo, ajoute-t-elle, la bouche pleine.

Anita et moi échangeons un regard perplexe.

— Quoi?

Carla lève un doigt tandis qu'elle mâche.

— Mais il le sera bientôt, précise-t-elle, une fois sa bouchée avalée. Sa mère va se marier avec le père d'Hannah cet été. Vous ne le saviez pas? Je pensais que tout le monde était au courant! Ils emménagent ici dans quelques semaines.

Je reste plantée là, bouche bée, fixant Benjamin comme si je n'avais pas toute ma tête et me répétant ces mots : *frère, Hannah, quelques semaines, frère, pas petit ami, frère...*

Tout à coup, en pleine conversation avec Cédric Arcand, Benjamin se tourne vers moi et me sourit.

— Ooooh! il s'en vient! s'exclame Carla. Il regarde Nico! Viens, Anita, on s'en va!

— Non, dis-je, alors que mon cœur bat à tout rompre. Ne me laissez pas toute seule!

— Tu ferais mieux d'essuyer cette tache sur ton t-shirt, suggère Anita.

Carla me fait un petit signe de la main, et mes deux amies s'en vont.

— Zut!

Rapidement, je me tourne vers l'évier et mouille ma serviette de table. Je frotte ensuite la tache, mais la serviette rouge déteint sur mon t-shirt bleu.

— On dirait bien que « mademoiselle dégâts » est de retour, plaisante Benjamin lorsqu'il surgit derrière moi.

— Salut! dis-je gaiement en me tournant vers lui.

Je jette un coup d'œil autour de moi, dans l'espoir d'apercevoir des renforts. Laurie n'est pas loin, en train de bavarder avec Justine et Élisabeth, deux autres filles de notre équipe. Mais aucune d'entre elles ne regardent vers moi.

— Tu ferais mieux de t'éloigner d'un mètre ou deux, car tu pourrais être ma prochaine victime.

— Je veux bien prendre ce risque, réplique Benjamin en souriant.

Oh, c'est vraiment parfait. Je suis là, devant Benjamin, vêtue d'un torchon taché sur le devant. L'idée folle de me faufiler dans la chambre d'Hannah pour lui emprunter son maquillage me traverse l'esprit....

— Comment était la pizza l'autre jour?

— Délicieuse, comme d'habitude, répond Benjamin.

Il prend le sac de croustilles et m'en offre.

— Es-tu déjà allée chez Ivano?

— C'est mon restaurant préféré, dis-je en prenant une croustille.

— Moi aussi, mais ne le dis pas au père d'Hannah.

Ses yeux se plissent quand il rit. Puis soudain, son visage s'assombrit un peu, et il regarde autour de lui.

— Alors? Euh… où est Jacob?

— Qui?

Benjamin esquisse un sourire en coin.

— Ce gars avec qui tu es allée voir un film de ninja… Où est-il?

— Probablement chez lui, en train d'admirer son reflet dans le miroir, ne puis-je m'empêcher de dire.

— Je croyais que vous sortiez ensemble, s'étonne Benjamin.

— Oh, je t'en prie, dis-je en prenant une autre croustille. Je ne pourrais jamais sortir avec un gars qui utilise plus de produits de beauté que moi!

Benjamin rit.

— Tant mieux.

Il y a un bref moment de silence entre nous, et j'entends la voix de Carla s'élever, malgré le bruit des conversations. Je sais que c'est elle, même si elle fait une imitation presque parfaite de Sonia :

— Il faut tirer parti de nos points forts! crie Carla, et plusieurs personnes éclatent de rire.

Nos points forts…

Je plonge mon regard dans les yeux de Benjamin, ses yeux bruns rêveurs et frangés de longs cils. Je songe à tous les efforts que j'ai faits pour devenir plus féminine, uniquement parce que je croyais que c'était ce qui lui plaisait chez une fille. J'ai passé tout ce temps à me maquiller, à essayer des vêtements et à poser un tas de questions stupides, sans me rendre compte que je misais alors sur mes points faibles.

Mais quels sont mes points forts?

À cet instant, quelqu'un monte le volume du lecteur de CD.

— Hé, tout le monde! On va danser dans le salon! crie Hannah en passant devant.

La moitié de ceux qui se trouvaient dans la cuisine la suivent.

Je lève les yeux vers Benjamin.

— Tu n'y vas pas?

— Je ne danse pas beaucoup, tu te rappelles?

C'est vrai, Il me l'a dit à la bar-mitsva.

— Moi non plus, dis-je.

— Je sais.

Benjamin me fait un sourire entendu, et je me mets à rire.

Il y a quelque chose chez ce garçon qui me donne envie de continuer à parler avec lui pour toujours. Mais présentement, c'est beaucoup trop bruyant pour avoir une conversation.

Il faut tirer parti de nos points forts, murmure une voix dans ma tête.

— Alors, tu veux qu'on aille faire un tour dehors? dis-je.

— Nico, répond Benjamin en posant le sac de croustilles sur le comptoir, je croyais que tu ne me le demanderais jamais.

— En fait, c'est une histoire assez romantique, raconte Benjamin pendant que nous déambulons dans une rue tranquille.

Dans ce quartier de la ville, il y a des réverbères à l'ancienne devant la plupart des maisons, et la rue est bien éclairée. L'air est frais en cette soirée de printemps, et je me pelotonne dans mon blouson. Mais je n'ai pas froid. Nous marchons vers la rue Berger, où sont situés les jolies boutiques et les restaurants. *C'est un beau quartier,* me dis-je. Ce n'est qu'à trois kilomètres environ de chez moi, et pourtant je n'y suis jamais venue.

— Comment se sont-ils connus?

— Ils se fréquentaient dans leur jeunesse, explique Benjamin. Ma mère sortait avec Patrick, le père d'Hannah, quand ils étaient tous les deux au secondaire. Puis, comme ils allaient poursuivre leurs études dans des villes différentes, ils ont rompu et se sont mariés chacun de leur côté. Mais ça n'a pas fonctionné entre ma mère et mon père.

— Je suis désolée.

— C'est difficile, reprend Benjamin en levant une épaule, mais ils sont restés bons amis, ce qui est super. Je connais bien des gens dont les parents se sont séparés et ne se sont plus jamais reparlé. Et c'est quand même mieux que ce qu'a vécu Hannah : sa mère est morte il y a trois ans.

— Je ne le savais pas.

Pas étonnant qu'Hannah soit d'humeur aussi sombre. Sa vie est loin d'être aussi rose qu'elle en a l'air.

— Je ne peux pas m'imaginer affronter une telle épreuve.

— Moi non plus, dit Benjamin en secouant la tête.

Nous restons silencieux durant un moment. Finalement, Benjamin prend une grande inspiration et termine son récit :

— Ils se sont revus à la réunion des diplômés de leur école...

— ... et ils ont renoué, dis-je à sa place.

— Ça a été le coup de foudre.

Benjamin tripote les cordons du capuchon de son grand chandail molletonné.

— Enfin... 20 ans plus tard. C'était l'année passée, et le mariage aura lieu cet été.

— C'est une histoire romantique, en effet, dis-je.

Une branche craque sous ma chaussure de sport verte lorsque nous tournons au coin de la rue Berger.

— Et c'est merveilleux, tu sais, parce qu'Hannah a une petite sœur, alors que moi, je n'ai jamais eu personne, poursuit Benjamin. Même si Hannah peut être agaçante par moments, elle peut aussi être très gentille. Et Léa, sa petite sœur, est fantastique.

— Tu sais ce qui est drôle? dis-je au bout d'une minute. J'ai cru que... tu sortais avec Hannah.

— C'est *vrai*?

Benjamin s'arrête net et me dévisage, puis il éclate de rire.

— C'est vrai? répète-t-il en riant encore plus fort.

— Comment aurais-je pu savoir? Vous n'avez même pas le même nom! Et vous sembliez passer beaucoup de temps ensemble...

— Non, non, dit-il en s'essuyant les yeux. Tu as raison. Je... je vois comment tu as pu imaginer...

Et il rit de plus belle, et moi aussi, et nous passons devant tout un pâté de maisons en rigolant.

— Hé! fait soudain Benjamin en s'arrêtant devant une grande fenêtre. On connaît ces deux-là, non?

Je lève les yeux et constate que la fille assise de l'autre côté de la fenêtre, celle qui porte un t-shirt aux bords déchiquetés par-dessus un maillot thermique, ainsi qu'un jean déchiré laissant voir ses collants à motif écossais, est ma meilleure amie. Et elle n'est pas seule. Flavie et Alex sont assis à une table du bar laitier, riant et partageant une banane royale. J'ai à peine le temps de me demander : *Mais qu'est-ce...* que Benjamin tire déjà sur ma manche en disant :

— Allons les voir.

La clochette de la porte tinte, et l'odeur sucrée de la

sauce chaude au chocolat m'emplit les narines lorsque nous entrons dans l'établissement décoré de rose et d'orangé. En m'apercevant, Flavie laisse tomber sa cuillère.

— Salut! lance Benjamin tandis que nous nous dirigeons vers eux.

Alex semble vouloir disparaître sous la table.

— Nous n'avions rien planifié! s'empresse de dire Flavie en rougissant. Je le jure! Il se trouve que j'étais en ligne sur Internet, et Alex m'a envoyé un message disant qu'il n'avait rien à faire. Je lui ai fait remarquer qu'on n'avait jamais eu droit à notre crème glacée l'autre jour, alors il a proposé que nous venions essayer ce nouvel endroit...

— Bonne idée, approuve Benjamin, qui réussit à ne pas relever le fait que Flavie parle à la vitesse de l'éclair. Ça vous dérange qu'on se joigne à vous?

Le regard d'Alex se pose sur Benjamin, puis sur Flavie, mais il évite complètement de croiser le mien.

— Euh... non... euh...

Je ne peux pas m'empêcher de sourire. Flavie rougit et Alex bégaie. Ils sont bel et bien amoureux *l'un de l'autre*, après tout!

— Euh... assoyez-vous.

Flavie me regarde d'un air coupable en tapotant la place à côté d'elle.

Oh là là! C'est du sérieux. Ainsi, le mystérieux garçon pour qui Flavie voulait se faire belle était nul autre qu'Alex. C'est... étrange.

Mais charmant.

J'enlève mon blouson et m'assois à côté d'elle. Pendant que Benjamin et Alex se saluent en se touchant du poing, je me penche vers Flavie et dis :

— Tu es ravissante.

Mon visage est caché derrière sa crinière, et je ne pense pas que les gars m'aient entendue. C'est vrai qu'elle est belle. Sa tenue extravagante, à la Flavie, lui va cent fois mieux que tous les vêtements à la mode qu'elle a portés au cours de la semaine. Un million de fois mieux. Parce que c'est vraiment *elle*.

— Tu trouves? demande Flavie avec un sourire épanoui. Toi aussi.

Je baisse la tête et regarde la tache sur mon t-shirt. Je suis sur le point de l'accuser d'être une incorrigible menteuse, mais un seul coup d'œil sur son visage radieux me convainc qu'elle le pense vraiment. Qui sait? Peut-être que je suis belle à ses yeux.

— Tu es une bonne amie, Flavie Kirouac.

— *Toi aussi,* tu es une bonne amie, Nicolette Salois.

— Ça a l'air vraiment bon! dit Benjamin en contemplant la banane royale.

— C'est délicieux.

Alex prend une énorme cuillerée de crème glacée à la vanille garnie de sauce chaude au chocolat.

— Mmmmm... Tu aimerais probablement en avoir une, toi aussi? Mais tu n'en as pas!

Il sourit malicieusement, les dents maculées de sauce au chocolat.

— Mmmmmmmmmm!

Flavie rit en secouant la tête.

— Hé, Nico! tu veux en partager une avec moi? demande Benjamin. On ne peut pas laisser ces deux-là se régaler sous nos yeux.

— Il faudrait que ce soit avec du chocolat à la menthe. Qu'est-ce que tu en penses?

Benjamin m'adresse un grand sourire.

— Si le cœur t'en dit, répond-il.

— Oh! si tu savais tout ce que son cœur a à dire, intervient Flavie en prenant une cuillerée de crème fouettée.